핍홀; 가까이 보이는 먼 곳

김나율 장편소설

핍홀; 가까이 보이는 먼 곳

초판 1쇄 인쇄일   2024년 7월 15일
초판 1쇄 발행일   2024년 7월 24일

지 은 이   김나율
펴 낸 이   최길주

펴 낸 곳   도서출판 BG북갤러리
등록일자   2003년 11월 5일(제318-2003-000130호)
주소   서울시 영등포구 국회대로72길 6, 405호(여의도동, 아크로폴리스)
전화   02)761-7005(代)
팩스   02)761-7995
홈페이지   http://www.bookgallery.co.kr
E-mail   cgjpower@hanmail.net

ⓒ 김나율, 2024

ISBN 978-89-6495-302-0 03810

감 시 창

PEEP 핍홀 HOLE

가까이 보이는 먼 곳

김나율 지음

BG 북갤러리

김나율

세상 잣대로는 작가다운 배경이 없는 만큼, '예술을 위한 예술'을 버렸다는 작가, 김나율(金拏燸, 1970~).

2020년 11월부터 운명처럼 글을 쓰기 시작하여, 여러 공모전에 작품을 투고했지만 낙선된 후, 필명 '꽃루저(Beautiful Loser)'로 책을 출간했다. 중·장편《아임 루키(I'm Rookie)》, 《바라볼 수 없는 사회》, 단편 8편 모음집《뇌 공작소》가 있다. 2023년에는 유튜브에서 '꽃루저〈사색 식탁〉' 채널을 통해 원고를 쓰고 영상을 만들어 올렸다.

소박문학과 성찰문학의 틈에서 널을 뛰겠다는 정신, 많은 사람에게 이해되는 소설을 쓰고 싶다는 일념으로, 실패자다운 부끄러운 과거 때문에, 꽃루저라는 필명 뒤에 숨어서 글을 쓰고 있었다.

2024년《핍홀(Peephole); 가까이 보이는 먼 곳》창작을 통해서, 자기 극복, 치유됐다는 작가. 지금의 정체성을 굳히기까지, 부모님, 삼라만상의 영향을 받아, 많은 이가 되어 봤으므로, 그들에게 감사하며 살겠단다.

목차

프롤로그 · 7

케어로봇^{CareRobot, 관리로봇} · 11

낙서 · 42

새 · 76

초콜릿 · 106

모델 · 134

회전목마 · 164

핍홀^{peephole, 감시창} · 191

에필로그 · 204

저자 후기 · 209

프롤로그

틀의 시작은 알 수 없다.

실마리는 세 가지 정도. 고장 난 기계, 사진 조각들, 엇비슷한 낙서.

반세기 남짓 버려진 폐건물을 찾은 이유는 할아버지 유언과 아버지의 죽음 때문이다.

경찰이었던 아버지는 할아버지 유언대로 20년 전 황폐했을 이곳을 둘러보다가 실족사했다. 당시 할아버지 권유에 따라 프랑스 대학에서 인권과 사회심리학 공부를 하고 있던 나는 급작스러운 사고사였음에도 아버지 임종을 지키지 못했다는 자책감 때문에 학업을 중단하고 귀국한 뒤 1년간 방황했다.

이제 중년의 철학과 교수가 되고 보니, 그동안 의도적으로 감추고 응축해 놨던 기억의 덩어리를, 드러내고 녹여버리고 싶었다.

폐건물이 되기 전에는, 낡은 리조트호텔을 특급 요양병원으로 개축해서, 세계 각국이 대표로 지정하여 보낸 입소자를 받았다고 들었다. 특급 의료기기, 명망 높은 의료진, 전문 교육받은 요양보호사들이 상주한다는 입소문과 함께, 거동할 수 없는 환자들이 마치 올림픽에 출전하는 국가대표선수처럼 선발되고 엄격한 심사를 거쳐 입소 요양 허가를 받았다는 것이 차별화 전략이었다.

수익만이 운영 목적이 아니라는 점에서도 세계인의 이목이 쏠렸다. 특급이라는 수식어가 붙은 것에는 나름의 명분이 있었다.

하지만, 입소자 중에 과거 살인, 마약 등 중범죄를 저지른 자가 있던 사실이 폭로됐고, 전대미문의 생체 실험도 자행되고 있다는 소문이 돌면서, 의사들이 대거 사직하고 특급 요양병원에서 요양원으로 해체하는 듯하더니 얼마 지나지 않아 문을 닫았다는 것, 여기까지가 내가 알아낸 '데리다 요양원'의 배경이다.

평생 외길 인생을 사회운동가로 동분서주했던 할아버지는 왜 생의 마지막 순간에 이 요양원을 찾아보라고 했던 것일까.

아버지는 할아버지의 유언을 이해했을까?

난 그 말을 도통 알아들을 수 없었지만, 선명히 기억한다.

'가서 길을 뚫어라.'

케어로봇 CareRobot, 관리로봇

1

"삼촌, 이거 복구될까요?"

아버지 동생이었지만 늦둥이로 태어난 삼촌은 나와 7살 차이밖에 나지 않아서 형 같았다. 함께 있으면 서로의 열정에 힘입어 10, 20대로 시간여행 하는 것처럼 젊어지는 기분이 든다고 해야 할까.

"하하, 날 공학박사로 생각하는 것 아니냐? 음…, 이건 일반 기계가 아닌 것 같은데…."

삼촌은 박물관에 놓인 유물을 대하듯이 숨죽이고 요양원에서 가져온 고철 기계를 훑어봤다. 그리고 양손으로 회색 머리를 부여잡으며 돋보기가 부착된 검정 뿔테안경 너머로 눈을 반짝였다.

"공학박사 '할아버지'시죠. 전 삼촌만큼 전자기계를 잘 만지는 사람을 몰라요."

"알루미늄이고…, 이런 걸 수거하지 않았다니 놀랍다. 한 개밖에 없었어?"

"이게 다예요. 이마저도 부서진 돌무더기 틈에 파묻혀 있어서 지나칠 뻔했어요."

사실 삼촌은 고물상을 하고 있다. 삼촌의 순수성을 악용한 자에게 사기당한 후부터.

이틀 후 삼촌에게서 숨 가쁜 전화가 왔다.

처음에는 어쩌고저쩌고하며 기계 정체에 대해 귀띔해 줬다. 만국어를 동시통역하고, 인간 뇌파를 감지하여 글자, 말, 이미지로 대체해서 정보를 상호 전달하는 인공지능 '이상'의 로봇으로 추정된다는 것이다. '이상'이라는 말에서 목소리가 커지며 갈라졌고, 거의 확신에 찬 말투였다. 헬멧 형태의 머리 부분과 몸통만 남았지만, 분명 움직이고 이동할 수 있도록 설계됐을 거란다. 공 모양의 머리 안에는 액정화면^{LCD}이 있고, 외부에서 뚜껑을 쉽게 열 수 있는 구조가 아닌 만큼, 화면이 켜지면 밖에서도 선명하게 볼 수 있지 않겠냐고, 도리어 내게 묻기도 했다. 엘시디와 연결된 많은 선이 인간의 중추신경과 흡사한 형태를 갖춘 투명한 관 안에 들어있는데, 손상된 정보 기

억 장치를 전부 복구하는 데에는 상당한 시간이 걸릴 거라고
도 했다.

"너무 무리하지···."

전화가 중간에 끊어졌다. 아니, 삼촌이 먼저 끊은 것 같기도
했다. 언젠가 심혈관 질환을 앓고 있다고 들었던 터라 삼촌의
건강이 염려되면서도, 무언가에 사로잡히면 급발진하는 삼촌
의 모습이 떠올라 미소가 지어졌다.

상당한 시간이란 하루 정도에 불과했다.

정확히 말하면 34시간이 지나자, 박사 할아버지의 성대는
수분이 거의 증발한 게 아닌가 싶을 정도로 쉬어 있었다.

"삼촌! 혹시 밤 꼬박 새우신 거 아니에요?"

"흐음-, 쿨럭."

목청을 돋우려 했는지 대답 대신 기침 소리가 들렸다.

"네가 와서 보면 좋겠다."

2

어제 한걸음에 달려오고 싶었지만, 삼촌에게도 휴식이 필요
했기에 오늘 들르겠다고 했다.

퀭하리라 예상했던 사람은 없고, 봄 소풍을 다녀온 것처럼

생기가 감도는 삼촌이 치아를 내놓고 웃으며 날 반겼다.

"해외여행 다녀온 것도 아닌데, 시차 적응하는 데 고생한 게 실화냐? 은우야, 삼촌이 에펠탑 못 가봤다는 거, 알지? 하하."

삼촌은 기분 좋을 때마다 너스레를 떤다.

"진심으로 보내드릴 수 있어요. 그런데 삼촌 표정을 보니 에펠탑으로는 부족할 것 같은데요?"

"자, 이제 재밌는 걸 보여 줄게. 배꼽처럼 생긴 곳을 3초간 눌러봐."

원통형 몸통에서 인간의 배꼽에 해당하는 위치에 옴폭하게 들어간 원을 누르니, 헬멧 정수리부터 6조각으로 스르르 미끄러지듯 펼쳐졌다.

"오~, 헬멧이 개화하는 꽃잎처럼 열리네요!"

이내 안에 있던 액정 화면이 솟아오르면서 윙윙 소리를 내더니 각도를 뒤로 젖혀 내 얼굴을 바라보고 멈췄다.

"이…이, 로봇이 방금 절 보고 뒤로 젖힌 거 맞죠?"

"하하. 떨지 마. 자동으로 각도 조절하는 기능이 있더라고. 홍채를 인식하고 화면이 잘 보이게 하는 거지."

로봇 뒤로 돌아가니까, 화면이 날 따라서 회전하고 있었다. 과연 삼촌이 전날 말한 대로, 화면을 받치고 있는 숱한 선들이 누르스레 반투명한 고무관 안에 들어있고 몸통 속으로 똬리를 튼 것이 보였다. 관을 둘러싼 몸통 내부는 공기청정기 필터처럼 생겨서 선들을 보호해 주는 완충 역할을 하는 듯했다. 그러고 나서 삼촌이 알려주는 대로 배꼽 전원 버튼을 5초간 눌렀다 떼니까, 이번에는 배꼽을 기준으로 좌, 우측면에서 집게 두 개 달린 팔이 나왔고, 바닥으로는 원형 롤러 형태의 발이 나왔다.

"삼촌 말이 맞았어요! 그런데 어떻게 움직이게 하는 거예요?"

"먼저 다 가르쳐주면 재미없지. 상상해 봐."

난 머리도 몸도 무생물처럼 굳어 버렸다.

그런데 몇 분 지나자, 로봇이 생물이 된 듯, 내 맞은편에 있던 삼촌 쪽으로 빙그르르 돌더니 한 손을 길게 쭉 내뻗는 것이 아닌가.

"어? 어떻게 하신 거예요?"

"상상해 보라니까."

생각하려 할수록 머릿속이 하얘졌다.

공학박사 '아버지'의 빙그레 웃는 모습이 마뜩잖을 무렵, 삼촌은 손톱 밑에 낀 까만 때가 새로이 보였는지 긁어내고 후후 불며 진지하게 한마디 툭 던졌다.

"접근 방법이 잘못됐어."

'하-아, 점점 더…. 접근 방법?'

"긴장할 필요 없는데…. 조작 방법과 관련된 정답을 맞혀보라는 게 아니라, 이 로봇이 널 위해서 뭘 해주면 좋을지 상상해보라는 거였어."

'로봇이 내게로 와서 악수해 줄 수 있을까?'

별안간 로봇은 내게로 몸을 돌려 다가와서 손을 내밀었다. 키 높이 조절도 가능했다. 내 키보다 더 높이 올라갔을 때는 엘시디가 내게 고개 숙여 인사하는 것 같았다.

"와하! 어떻게 이게 가능해요?"

"내가 얘기했던 것 같은데? 뇌파 감지선이 있다고."

그렇다. 삼촌이 횡설수설할 때, 깜박 흘려들었다.

"그 요양원에 방이 몇 개였어?"

"제가 둘러볼 때 그것까지는…, 참여하지 않은 나라가 있었다고 해도, 족히 200개 가까이 됐을 거예요. 세계 국가별로 대표 입소자를 받아서 1인실로만 운영하는 특급 요양병원이라고 했거든요."

"그럼, 이런 로봇 하나둘로는 어림도 없었겠는걸."

"네. 돌보는 사람들과 협업, 아니, 업무 지원만 한다고 해도 꽤 갖춰놔야 했을 거예요. 그런데…, 생각해 보니 좀 이상해요."

"뭐가?"

"'데리다 요양원'을 언급했던 과거 기록 어디에도, 첨단 의료 기기라는 말 외에는 '로봇이 요양보호를 한다.'라는 내용은 없었어요. 케어 로봇을 홍보했으면 더 큰 화젯거리가 됐을 텐데요. 혹시 다른 데서 내다 버린 로봇 아닐까요?"

"그럴 수도 있겠다. SD카드들을 복구하면 밝혀지겠지."

"카드가 여러 개 들어있어요?"

로봇 엘시디 뒷면에 꽂혀있는 메모리카드는 10개였다. 그것들과 연결된 선들은 저마다의 색이 달랐다.

"어디 보자. 녹색 선부터 시작해 볼까?"

3

휴대전화를 무심코 바라보고 있었는데, '형'이라는 자막이 떠서 얼른 받았다.

"네, 형, 삼촌."

"어, 어떻게 신호음이 울리지도 않았는데 받았네? 은우야, 뚫었다…."

삼촌은 가끔 에둘러 말을 잘했다.

"네? 아…, 해결하셨어요?"

메모리카드 7개가 복구됐다고 했다. 삼촌은 득의양양하게 처음 짐작이 맞았다는 말도 더했다.

전화를 끊자, 할아버지 유언이 귓가를 맴돌아서, 하던 일을 제쳐두고 허둥지둥 삼촌 작업실로 달려갔다.

2084년인 지금으로부터 48년 전, 5년간 짧다면 짧은 격랑의 세월을 보내고 소문만 무성히 뿌린 후 사라져 버린 그곳의 실상을 밝혀낼 수 있을까. 뱃속에서 장의 울음소리가 들려왔다.

복구에 성공한 기억 장치들을 분리해서, 동영상, 텍스트, 음성 파일을 PC에 저장했다. 파일들의 최초 생성일이 2031-01-01, 최종 수정일은 2036-09-21이었다. 동영상은 삼촌 작업실에 있는 파노라마형 TV에 연결해서 확인해 보기로 했다. 파노라마형 TV는 동영상 안에 보이는 실내장식이 시청자가 앉아 있는 실내에 투사되어 둘러싸임으로써, 공간 이동한 착시를 일으켜 생생한 현장감을 느낄 수 있다는 점에서 좋았다.

엘시디는 CCTV와 같이 녹화 기능도 있었다. 로봇은 인간 뇌파를 통해 인간이 지닌 감각을 언어, 표상으로 나타낼 수 있었고, 인식한 내용 전체가 동시에 자동으로 텍스트, 음성, 동영상 파일로 분류 저장되는 것이 확인됐다.

더욱이 놀라운 것은 데이터 저장 가능 용량이었는데, 인간의 평생 기억을 담을 정도로 무제한이라는 것이다. 삼촌 말로는 로봇 몸통 내부 바닥에 돌돌 말려있던 기나긴 선으로 축적한 기억을 필터 모양의 회로에서 흡수해서 저장해 놓은 것 같다고 했다. 필요할 때 정보를 끄집어 올려서 메모리카드로 다시 넣을 수 있는 '순환'이 막히지 않은 선들이, 복구할 수 있었던 7개였단다. 그러니까 복구에 실패한 3개의 선은 인간의 뇌혈관이 막혀 터진 것처럼 재생이 불가했다는 것으로 들렸다.

"할아버지는 요양원 내부 사정을 아시고 가보라고 하셨을까요?"

"글쎄…, 사회적 약자, 돌봄 사업에 관심이 많으셨고 인연이 닿은 곳이 한두 군데가 아니니까…, 그렇지 않을까?"

내가 입 다물고 골똘히 생각에 잠기자, 삼촌은 내 등을 어루만지며 말을 이었다.

"그렇더라도 사람마다 느끼는 실상은 다를 수 있잖아. 아버지, 은우 할아버지의 바람을 우리가 이뤄드리려면, 뭘 좀 알아내야지. 자료가 좀 남아있어서 다행이야."

우리는 폴더별로 파일 한 개씩 먼저 골라서 훑고 분류해 보기로 했다. 폴더 이름은 선 색상대로, 흰색, 녹색, 회색, 빨간색, 노란색, 검은색, 파란색으로 썼다.

흰색 폴더 자료에는 요양병원 신축 건물 외관과 내부 시설물이 언뜻 비쳤고, 가운을 입고 바삐 다니는 의료진, 누워있는 대상자를 돌보는 요양보호사가 보였다. 다른 폴더들은 개인별 관리 자료인 것 같았다. 폴더마다 거의 같은 사람만 보였으니까.

빠르게 재생하고 있는데, 순간 움찔했다. 삼촌이 "잠깐!"하고 내질렀기 때문이다. 되돌려 감고 확대했을 때 우린 차례로 외쳤다.

"아버지!"

"할아버지?"

4

백발의 노인이 코에 수액관 꽂이를 달고 미동 없이 비스듬히 경사진 침대에 누워있다. 그 옆으로는 마스크를 쓰고 가운을 입은 중년 여성이 침대 난간을 올리면서 한 중년 남성에게 인사하고 있다.

이 부분에서 정지하고 확대해 본 것인데, 날렵해 보이고 허리가 꼿꼿한 중년 남성은 할아버지가 왕성하게 활동하던 시절의 모습이었다. 중년 남성이 입고 있던 몸에 잘 맞는 청록색 점퍼는 할아버지가 유니폼처럼 입고 다녀서 거의 모든 사진에 도배됐던 옷이었기 때문에 한눈에 알아볼 수 있었다.

영상 저장일은 2035-09-20으로, 요양원이 폐쇄되기 약 1년 전, 내가 태어나기 6년 전이었다.

삼촌은 분류 작업이 거의 끝났으니, 할아버지가 등장한 영상부터 TV 화면에 연결하여 차근차근 집중해서 보자고 했다.

대다수 입소자는 말이 없었고, 영상 속 음성이 작게 들리면서 대화 내용을 이해할 수 없는 부분도 있어서, 노트북을 이용해서 로봇이 저장해 놓은 텍스트, 녹음 파일까지 틀어놓았다.

"안녕하세요. 어르신 좀 뵈러 왔습니다."

"네, 안녕하세요. 오신다는 연락 받았습니다."

"혹시 주무시고 계십니까?"

"식사하고 앉아계시다가 방금 누우셨어요. 눈 감고 계셔도 다 들으시니까 편하게 말씀하시면 됩니다. 선생님 뒤에 있는 로봇이 두 분 대화를 도와드려요. 어르신 생각을 글로 화면에 써주거든요. 어떻게…, 자리를 피해드릴까요?"

"네, 그게 좋겠습니다. 감사합니다."

"아시겠지만, 다른 어르신들과 마찬가지로 방문 시간은 하루 1회, 1시간입니다. 도움이 필요하면 호출 벨 눌러주세요. 이 안에서는 마스크를 잘 써주셔야 합니다. 저희는 어르신 건강이 최우선이니까요."

남자가 두리번거리자, 요양보호사가 벽에 붙어있는 벨을 손으로 누르는 시늉을 한다.

남자는 스테인리스 통을 챙겨 나가려는 그녀에게 묻는다.

"실례지만, 여기서 얼마나 근무하셨습니까?"

"전 한 달 됐어요. 그럼, 이만."

'한 달이면, 이곳 속사정은 모르겠네.'

난 그 순간 노트북 화면을 보면서 소리 질렀다.

"형! 아니, 삼촌. 이건 할아버지 생각을 로봇이 글로 저장한 거죠?"

"그래. 가만…."

삼촌은 TV 화면에서 눈을 떼지 않고 있었다.

요양보호사가 사무적으로 고개만 까딱하고 황급히 등을 돌리고 나가려고 하는데, 남자가 외마디를 던진다.

"잠시만요!"

그녀의 몸은 문을 향해 서 있고 고개만 돌린다.

"몸도 불편하신 어르신들을 전 세계 각처에서 전용 비행기로 모셔 오는 이유를 알고 계세요?"

"하하, 삼촌. 할아버지 말투가 무슨 사건을 조사하는 경찰 같지 않아요?"

손뼉까지 치며 말하고 나서 아차 싶었는데, 삼촌이 정색했다.

영상 속 그녀는 냉정히 고개만 가로젓고 큰 보폭으로 사라진다.

5

침대 머리가 붙은 벽, 천장 바로 아래에 쇠창살이 달린 자그마한 창문이 있다. 누워있는 사람은 팔을 뻗어도 닿지 않을 위치임이 분명하다.

창문 밖에서 소심하게 기웃대는 햇살이 방주인의 안색은 아랑곳없이 오그라든 발치만 비추고 얼굴에 짙은 그림자를 드리우고 있다.

"어르신, 창문 좀 열어드릴까요?"

로봇이 윙윙거리며 엘시디를 남자에게로 향한다.

'놔둬요.'

남자가 침대 옆에 놓인 의자에 앉는다. 서류 가방을 열더니 스케치북과 색연필을 꺼낸다.

"어르신 무료하실까 봐 가져왔어요."

짧은 백발의 침대 주인은 로봇에게 생각을 내비치지 않고 감고 있던 눈만 뜨고는, 남자가 들고 있는 것을 흘긋 본다.

"꽃잎, 단풍잎, 새…, 빈 그림 안에 색칠하시는 거예요."

로봇이 권유하듯 각 그림 테두리를 따라다니며 엘시디에 담아 보여 준다.

"함께 칠해 보시겠어요? 아니면 나중에 혼자 계실 때 하시겠어요?"

깡마른 노인은 무표정한 얼굴을 옆으로 돌리다가, 남자에게로 도로 돌리고 그의 눈을 빤히 쳐다본다.

"한옥자 어르신, 저 혹시 기억 안 나세요? 전 어르신 뵌 적 있는데요."

'어디서….'

"오류동 생산업체 최고령 장인으로 소문나셔서 제가 찾아뵌 적이 있었죠."

노인이 좀 더 가까이 보려는 듯 고개를 약간 들었다가 힘없이 베개 위로 툭 떨군다.

"아아, 제가 너무 멀리 앉았습니다."

남자가 두 손으로 의자를 살포시 들어 침대 가까이 놓고 앉는다.

"15년도 더 돼서 기억이 안 나실 수 있어요. 저도 많이 변했죠."

'늙었네.'

남자는 로봇이 써 놓은 글을 보고 멈칫하더니 호탕하게 받아들인다.

"하하. 네. 폭삭 늙어버렸습니다. 그래도 기억해 주시니 고맙습니다!"

'고마워.'

노인은 이불에 가려져 있던 왼손을 내보이고 남자 손에 들린 스케치북을 가리키며 손을 떤다. 로봇이 노인의 경련이 일어나는 손을 포착하여 확대한다. 왼손 검지의 한 마디가 잘려있다.

"드릴까요?"

남자가 침대 식탁을 펼쳐 놓고 스케치북과 색연필을 그 위에 둔다.

"잠깐, 침대 머리를 올려야 할 것 같은데…."

로봇이 집게 달린 팔을 길게 뻗어 조작한다.

"어르신, 꽃 좋으시죠? 마음에 드시는 색으로 골라 보세요."

떨리는 손으로 빨간 색연필을 끄집어내어 쥐고 꽃 그림 위에 색을 입히기 시작한다.

로봇이 윙윙대며 손동작을 클로즈업한다.

파킨슨병을 앓고 있는 아마추어 화가는 손의 경련을 속도로 제압하려 한다. 오로지 한 방향, 안에서 밖으로 내뻗는 직선으로만 공간을 채우려, 의도치 않게 삐딱한 사선이 그려지기도 한다.

'그, 곳에, 있, 었다…, 그, 곳, 에, 있었, 다, 난, 있, 었, 다, 그, 곳, 에.'

로봇은 수전증이 있는 화가가 선을 그릴 때마다 글자들을 분해해서 흩어지게 뿌려놓는다.

'지금 재봉틀 앞에 앉아계신 걸로 착각하시는 건 아니겠지?'

"저 선, 본 것 같은데…, 그 낙서!"

6

나는 낙서가 중요한 단서인 것 같아서, 할아버지가 나타난 해의 자료 전체를 중점적으로 파보자고 제안했다. 삼촌은 지칠 수 있으니, 색깔별로 분류해 놓은 폴더에서, 2035년 파일 중 한 개씩 골라 보고 나서 나머지를 보는 게 어떻겠냐고 하여 그러기로 했다.

"녹색이 9월 20일이었으니까, 회색은 9월 21일로 보자."

"아ㅡ, 아ㅡ, 아ㅡ."

중년 남성이 바퀴 달린 목욕 의자에 앉아있고, 한 요양보호사가 의자를 밀면서 방을 나서고 있다. 금발, 푸른 눈동자, 미간 주름과 갈라진 턱을 덮고 있는 짧은 수염까지는 정상범위에 속하는데, 남성의 특이점은 머리 왼쪽이 계단처럼 함몰되어 있다는 것이다.

로봇은 침대와 멀찌감치 떨어진 구석으로 가서, 방 주인이 돌아올 때까지 주위를 살펴보며 대기 중이다.

방에 남은 요양보호사 두 명이 침상 정리하면서 대화를 나눈다.

"저분은 늘 저렇게 '아' 소리밖에 못 하세요?"

"응. 자긴 이 방 처음 들어와서 모르겠구나. 나도 소문만 들었는데, 미국에서 사람 죽이고 자살하려고 차에 뛰어들었다가 측두엽을 다쳤나 봐. 그래서 말 못 하지, 아마? 이건 극비라서 밖으로 새나가면 안 돼."

"어머나! 살인이요? 감방에서도 관리가 안 되니까 해외 요양병원으로 보내버렸나 보네요."

벽걸이 TV에서 국제 뉴스가 보도된다.

재산이 500조에 달하는 글로벌 기업가가 차량 정체 중에 뒷좌석에서 차 창문을 내리자, 노숙자가 돌로 얼굴을 가격했고, 병원으로 이송됐지만 과다 출혈로 사망했다는 내용이다. 피의자와의 인터뷰가 이어진다.

기자 : "살해할 의도가 있었든 없었든 결국 피해자가 사망했습니다. 왜 그를 죽였습니까?"

피의자 : "…… 내가 던진 돌이 그를 죽게 만들기 전에 그가 먼저, 그의 시선이 이미 나를 죽였습니다."

기자는 이 사건의 개요를, 거대 기업가의 경멸에 찬 시선이 돌덩이가 되어, 한 노숙자가 힘겹게 밟아온 인생의 궤적을 하찮게 헤치면서, 보복성 돌팔매질로 이어진 것으로 정리한다.

"기분 나쁘다고 사람을 죽여? 이성이 있는 사람이라면 저런 짓 못 할 텐데, 쯧쯧. 죽어야 할 사람은 질기게 살아남고, 아까운 사람만 죽었네."

베갯잇을 갈아 끼우는 요양보호사가 실눈 뜨고 TV를 보며 투덜댄다.

"응? 자긴 그렇게 생각해? 글쎄…, 죽어야 할 사람이 뭐 따로 있나, 같은 사람인데. 쓸모없는 사람으로 살고 싶은 사람은 없을 텐데, 교육…."

문 열리는 소리가 나자, 요양보호사는 말을 삼킨다.

"아―, 아―."

목욕하고 나서 코가 뻥 뚫린 듯, '아'라는 발성이 한층 낭랑하게 들린다.

"키 크신 분, 아니, 두 분 다 도와주세요."

남성 담당 요양보호사가 침상 정돈을 마친 요양보호사들에게 도움을 청한다. 남성 뒤쪽에 키가 큰 한 명이, 두 명은 다리 바깥쪽에 서서 남성을 안전하게 잡고, 하나, 둘, 셋 구령과 함께 높이 들어 침대로 옮긴다.

두 명은 목욕 의자를 가지고 나가고, 남은 요양보호사가 남성을 돌보고 있다.

7

"다음은 뭘 볼까? 노랑? 검정? 빨강?"

삼촌이 선택 장애를 일으킨다는 건, 신체 에너지가 방전되고 있다는 증거다.

"저녁 먹고 나서 보는 게 어떨까요? 흐흐."

"어~, 벌써 밥때가 됐구나. 냉장고에 먹을 게 없는데, 배달 시키자. 뭐 먹을래? 한식, 양식, 중식, 일식, 피자, 패스트푸드?"

거리상 가장 가깝고 빨리 올 수 있다는 중국 음식으로, 그것도 탕수육은 시간이 걸린다고 해서 짜장면 곱빼기로 통일했다.

삼촌은 사기당했을 때, 독신이라서 다행이라며 초 긍정의 해맑은 웃음을 지었다. 짜장면을 먹을 때는 고춧가루를 뿌려 먹어야 소화가 잘된다는 말을 글자 하나 틀리지 않고 반복하는 일, 매번 짜장을 입가에 묻히며 먹는 아이 같은 삼촌 모습을 볼 때면 '순수'라는 단어가 자연스레 떠올려진다. 누군가는 '지저분하게' 느낄지 모르지만, 모든 사람이 공통으로 경험하고 있지 않을까? 한 사람의 장점이 상대에 따라 단점으로 바뀔 수 있다는 것 말이다.

"다음은 빨간색 보자."

아까와는 달리 삼촌이 힘차게 말했다.

나도 한눈에 들어온 2035년 9월 24일 파일을 클릭했다.

다크 초콜릿색 피부의 여성이 침대에 앉아있다. 양털처럼 부풀어 오른 흰머리를 헤드셋이 누르고 있다.

"어르신, 간식으로 초콜릿만 찾으시는데, 건강을 해칠까 걱정돼요. 오늘은 이것만 드세요."

요양보호사가 무릎을 굽혀 키를 낮추고 여성 눈높이에 맞춰 바라보고 말한다. 로봇은 통역한 내용을 무선 헤드셋으로 전송하고 있다.

"소리 잘 들리세요? 여기를 누르시면 소리가 커져요."

여성은 시선을 정면 허공에 둔 채 초콜릿을 입 안에서 오물오물 녹이는 데만 집중하고 있다.

"어르신께서 초콜릿에 대한 추억이 있으신가 봐요. 제게 들려주실 수 있으세요?"

요양보호사의 말이 끝나고 잠시 후, 여성은 입놀림을 멈추더니 갑작스레 못 먹을 걸 먹었다는 듯, 입을 벌리지도 않고 입 안에 든 초콜릿을 혀로 밀어 뱉어낸다. 진득하게 녹은 초콜릿이 턱을 따라 흘러내리다 목까지 두른 앞치마에 뚝 떨어진다. 여성의 시선은 변함없이 한곳에 머물러 있다.

요양보호사가 미리 미지근하게 적셔 준비한 물수건으로 침착하게 여성의 입 주위와 턱을 닦는다.

'초콜릿색과 피부색이 오묘하게 같네…. 아!'

요양보호사는 로봇의 존재를 잊고 있다가 깨달았는지, 눈을 희번덕이고 고개를 과장되게 옆으로 이리저리 돌려 보면서 닦고 또 닦아 낸다.

그녀의 정성을 알아챈 걸까. 여성이 부스럭대기 시작한다.

아니다. 시선은 그녀를 외면하고 있고, 한 손만 작은 공을 쥔 듯한 모양을 만들고 있다. 로봇이 손을 크게 보여 준다.

요양보호사는 물수건을 옆에 내려두고, 물을 따른 잔을 여성의 손에 끼우고 여성의 입가로 가져간다. 여성은 물을 한 모금 마시고는 초콜릿을 녹이던 모양새처럼 물을 녹여 먹는 체한다.

8

9월 20일자 파일 이후로 할아버지가 방문한 영상이 더는 없었다.

"할아버지는 녹색 폴더 안에서만 뵐 수 있을 것 같은데요?"

삼촌이 고개를 한 번 끄덕이는 걸 보며, 노란색 폴더 중에서 9월 25일로 골랐다.

스르르-윙 소리가 멎자, 화면이 담은 곳은 벽이다.

벽을 따라 쉬엄쉬엄 걷고 있는 여성은 흰색 시폰^{chiffon}*에 레이스를 덧대어 만든 스카프를 히잡^{hijab}**처럼 휘감고 허리까지 늘어뜨린 모습이다.

오른손은 벽에 부착된 안전 손잡이를 잡고, 왼손은 금색 지팡이를 짚고 있다. 마르고 키가 큰 체형인데, 홍학처럼 위태롭게 서 있는 자세 말고는 여태까지 본 입소자들 중에서 가장 건강해 보인다. 여성 얼굴 길이만큼 키가 작고 다부져 보이는 요양보호사가 여성을 뒤따르고 있다.

여성이 걸음을 멈추고는 호흡을 가다듬으며 벽을 바라본다.

....

- 별도 표기하지 않은 출처는 표준국어대사전임을 알립니다.
* 얇게 비치는 가벼운 직물
** 아랍권의 이슬람 여성이 머리에 쓰는 수건

로봇이 함께 감상이라도 하는 걸까. 한 바퀴 원을 그리는 가운데 사방에 벽과 천장이 보인다. 한쪽 벽면 벽지는 숲속 전경이고, 아치형 철골 구조의 유리 천장 너머로 하늘을 볼 수 있다는 점에서, 식물원에 온 듯한 착각을 불러일으킨다.

보슬비가 고루 적신 그윽한 숲의 정취를 배경으로, 크고 작은 사진 액자 여럿이 뽐내고 있다. 안전 손잡이에서 손을 떼고 액자를 반듯하게 고쳐 매만지다가 휘청한다. 요양보호사는 서 있던 자리에서 재빠르게 다리를 벌리고, 앙상한 겨드랑이 사이로 두꺼운 팔을 찔러 넣고 부축한다. 로봇이 짓궂게도 지팡이 손잡이를 힘껏 쥐고 부들부들 떠는 여성의 석회암 표면 같은 손에 관심을 둔다.

천천히 중심 잡은 여성이 사진 속 젊은 여인에게 손가락 끝을 댈 듯 말 듯 묘연히 감상한다. 액자 밖에 머무른 거친 손과 사진 속 여인의 윤기 흐르는 연갈색 피부가 대조를 이룬다.

"이 사진이 어르신 젊었을 적 사진 맞죠? 지금도 고우시지만, 이때는 모델 같으세요." '옆 사진은…, 아들인가?'

로봇이 요양보호사가 한 말과 생각을 엘시디를 통해 전한다.

여성은 희미한 미소를 짓는다.

9

"이제 폴더 두 개 남았지? 복구가 몇 개 안 돼서 아쉽다."

"어차피 모든 정보가 이 로봇 한 개에 들어있던 게 아닐 거예요"

머리를 긁적대는 삼촌을 위로하면서 검은색 폴더를 열었다. 할아버지 모습을 또 볼 수 있길 바라며.

"어르신, 오늘이 몇 년도 몇 월 며칠인지 말씀해 보세요."

벽에 세워진 의족 옆, 휠체어에 앉은 남성이 무선 헤드셋으로 통역되는 말을 듣고 반응한다.

로봇이 엘시디에 2035년 9월 26일이라는 글자를 띄운다.

"네, 맞아요."

'어제는 틀리더니, 오늘은 몸 상태가 좋으신가 보네?'

로봇이 적어놓은 엘시디를 얼른 요양보호사가 가리며 다음 말을 잇는다. 모든 통역 내용과 생각 뇌파를 감지하여 언어로 변환한 글이 파일로 저장된다는 사실은 모르는 듯하다.

"지금 계신 이곳이 어디인지 아시겠어요?"

'……'

"괜찮습니다. 기억나실 때 말씀해 주세요. 자, 이제는 블록쌓기를 해볼 거예요.”

요양보호사는 남성 앞에 놓인 테이블 위에 직사각형 모양의 목제 블록을 흩뜨려 놓고 설명한다.

“간격 띄워서 세 개를 나란히 놓고, 그 위에 90도 엇갈리게 또 쌓으세요. 저도 옆에서 할게요. 따라 해보세요.”

남성은 요양보호사가 하는 것을 보고 따라 하지만 네 개를 놓기도 한다.

“잘하고 계세요. 이만큼 높이 쌓으신 후에는 블록 한 개씩 빼내는 거예요.”

남성이 묵묵히 가슴 높이까지 쌓고 나서 블록을 한 개 빼려다 멈칫한다. 곧바로 블록 성을 노려보더니 입술을 일그러뜨리며 신경질적으로 무너뜨려 버린다. 몇 개는 바닥으로 굴러떨어진다.

“무너지면 다시 쌓고요. 이 놀이는 집중력과 두뇌 활동에 좋습니다.”

요양보호사는 그의 행동을 예상이라도 했다는 듯, 차분하고 친절한 어조로 한 번 더 권해본다.

하지만 남성은 분노로 이글거리는 눈으로 블록을 뚫어지게 바라보고 있다.

이 영상에도 할아버지는 나타나지 않았다.

파란색 폴더 하나만 남겨두고, 삼촌이 돌발 질문을 던졌다. 콧등을 찡긋하고 이마에 물결 주름을 만드는 습관은 자못 심각한 걸 말할 때 짓는 표정이다.

"저렇게 나이 들면 과거에 어떻게 살았든지 생존하는 모습에는 차이가 없는 것 같아. 조카 동생, 철학 교수님, 그래서 여쭤봅니다. 철학을 왜 하세요? 결혼도 안 하시고…."

"아~, 형님. 결혼 얘긴 질리지도 않으세요? 첫 번째 질문만 받겠습니다."

나는 강의를 시작하는 기분으로 헛기침했다.

"한 도전적인 학생에게서 비슷한 질문을 받아본 적이 있긴 해요. 그때는 '철학이란 무엇입니까?' 였어요. 전 이렇게 되물었어요. '그 질문을 제게 하시기 전에 먼저 본인에게 해 보셨습니까?' 눈을 내리깔고 미간을 찌푸리고 있는 상대에게서 바로 대답을 들을 수 있을 것 같지 않았어요. 그래서 제가 생각하는 철학의 정의를 말해줬어요. '타인에게 질문하고 쉽게 답을 얻으려 하기 전에, **각자의 구체적인 삶에 질문 던지고 사색해 보는 과정,** 그 자체가 개인이 갖춰야 할 철학이라고 생각합니다. **철학은** 삶의 여정에 없어서는 안 될 **머릿속 이정표**라서, **삶의**

길을 보기 위해 철학 해야겠지요.'라고요. 인생에서 돈을 수단이 아니라 목적으로 숭배하거나, 고통을 잊고자 환락에 빠지거나, 남과 비교하며 치열하게 살다가 돌연 공허감을 느끼고 우울증에 빠지는 이런 모습들도 철학의 부재 때문에 생기는 양상들임이 분명하죠. 철인 니체는 '마취제 같은 예술'이라고 표현했는데, 세상 모든 분야 활동이 마취제가 되지 않기 위해서는 철학이 바탕이 되어야 하는 것 같아요. 철학도 자아 성찰 없이 삶에서 경험하고 터득한 것에 대해 논하지 않는다면, 언어유희고 기만이며, 철인의 말을 빌려 문학이라고 말하고 싶어요. 반대로 문학도 삶에서 터득한 철학을 담고 있다면 얘기가 달라져요."

난 9월 27일자 파일을 연속해서 누름으로써 할 말이 끝났음을 알렸다.

10

"은우야, 파란색 폴더로 들어간 게 맞아?"

물론이다. 하지만 삼촌이 이런 질문을 한 이유를 알았다. 녹색 폴더에서 봤던 할아버지와 어르신이 함께 모습을 드러냈기 때문이다.

"한옥자 어르신, 늙어버린 청년이 또 왔습니다. 어디, 불편한 데는 없으세요?"

누워 떨고 있는 노인의 손을, 남자는 두 손으로 꼭 감싸 잡으며 인사한다.

자리를 피하려던 요양보호사가 스쳐보고 흠칫한다.

'손은 씻었나…?'

눈치 없는 로봇이 요양보호사의 내심을 엘시디에 그대로 적는다.

이를 본 두 사람이 뻣뻣하게 서 있다. 요양보호사가 먼저 멋쩍은 변명을 내놓는다.

"여기 위생 관리가 철저해서요."

"네. 여기 도착하자마자 손 씻었는데, 방에 들어오기 전에 손 소독제도 발랐습니다."

노인이 부스럭대며 애써 몸을 일으키려 한다. 짧은 머리카락이 베개에 오래 눌려있었는지 뒤통수는 납작하고 위로 봉긋 들떠있다.

요양보호사가 나가던 길을 되돌려서, 어르신에게 묻는다.

"앉으시겠어요? 가만히 계세요. 올려드릴게요."

이번에는 남자에게 침대 머리를 올리는 시범을 보여 주며 말한다.

"이게 리모컨이에요. 이걸 누르면 올라가고, 여기, 이거 누르면 내려가요. 원하시는 걸 말씀하시면, 아니, 생각만 하셔도 로봇이 도와드릴 거예요. 알고 계시죠? 호호. 가시기 전에는 호출벨 눌러주세요."

"어르신, 오늘은 그림책 좀 가져왔어요."

남자는 눈을 굴리고 있는 책 주인에게 벙글대며 눈길을 주고는, 가방을 가득히 채우고 있던 책을 조심스럽게 꺼낸다. 쥐고 있는 손바닥이 거의 펴질 정도로 꽤 두꺼워 보이는 책인데, 꺼낸 다음에는 한 손으로 가볍게 들고 있다.

책 가운데를 잡고 열자 섬세하게 만들어진 입체 모양의 세상이 펼쳐진다.

"팝업북이라는 건데요, 가운데 서 있는 이거요, 이 스프링 막대 끝에 달린 렌즈 구멍을 들여다보시면, 속에 있는 자그마한 것들이 크게 보이게 돼요…."

남자가 말을 좀 더 하려다 만다.

'요양보호사가 한꺼번에 많은 말을 하면 안 된다고 했지?'

노인은 남자의 말대로 따라 한다.

"구멍 손잡이 잡고 이리저리 돌려 보실 수 있어요."

그래도 노인이 한 곳만 응시하고 있어서, 남자가 다른 곳도 들여다볼 수 있도록 돕는다.

"구멍 잡고 몸을 뒤로 젖히시면 멀게도 보이고요."

노인이 구멍을 잡고 상체를 뒤로 젖히려 하지만 역부족이다. 침대 상판 각도가 고정되어 있다는 걸 알아챈 남자는, 한 손으로 구멍을 쥔 노인 손을 붙잡고, 다른 손으로는 책을 뒤로 잡아당겨 준다. 스프링이 늘어나고 있다.

"멀리 있는 작은 글자도 잘 보이시죠?"

조금씩 벌어지고 있는 노인의 입을, 로봇이 카메라로 잡는다.

낙서

11

"삼촌, 이제 폴더별로 처음부터 봐요. 그런데 텍스트 파일이 많은데요?"

"이유가 뭘까? 같은 날짜 영상을 빨리 감아보면 알려나…. 누워있는 모습밖에 없는데. 요양보호사가 가끔 들여다보고 있고. 로봇이 감지한 내용을 글로 모은 건가 보네."

"영상 안에 자막을 넣어줬으면 좋았는데. 하긴, 그럼, 지금처럼 상상하는 재미는 덜해지겠어요."

우리는 영상을 재생해 놓고 텍스트 파일을 번갈아 보기로 했다.

할머니가 머리 손질하고 있다. 난 그 모습을 옆에서 쳐다보는 걸 좋아한다. 따끈따끈한 방바닥에 앉아 화장대 거울을 보며 긴 머리를 참빗으로 빗고 쪽 찌는 걸 보고 있자면, 할머니는 노상 그랬듯 나무 비녀를 꽂고 돌아앉아 날 살며시 내려다본다. 난 할머니의 나무껍질 같은 입술을 신기하게 바라본다. 할머니는 한복 치마를 걷어 올리고 속바지 주머니에서 딱지처럼 접은 돈을 한번 펴서 내 손 안에 쥐여준다. 구경만 했을 뿐인데, 용돈을 받는다. 솔직히 바로 먹을 수도 없는, 냄새 나는 돈보다는 사탕을 줄 때가 더 좋다.

"옥자야, 밥상에 수저 좀 놔라."

난 어머니의 꽹과리 치는 음성을 듣고 뛰어간다. 어머니는 나와 단둘이 있게 되면, 종종 묻는다.

"할머니가 뭐 주시든?"

그럼 난 아무 말 없이 할머니가 준 돈을 내민다.

"다음에 또 주시거든, 가져와라. 잘 모아놨다가 너 시집보낼 때 써야지."

하지만 모아놓겠다는 그 돈을 다시는 만지지 못했다. 시집갈 나이가 되기도 전에, 할머니와 어머니 모두 연탄가스에 중독되어 돌아가셨고, 화재로 이어져 초가집은 불타버렸다. 두 분의 시신은 집과 함께 사라졌다. 16살 때 일이다.

그때를 생각하면…, 눈물 콧물 범벅으로 기어 나와 장독에 있던 동치미 국물을 마실 생각부터 했던 내가 수치스러웠다. 그렇게 혼자 살아남은 나를 평생 원망해 왔다.

지금처럼 가끔 정신이 맑아질 때면, 살아가고 있는 것이 그 죄에 대한 벌 아닐지 생각해 본다.

이렇게 살아서 뭐 하나. 언제까지…….

감고 있는 노인의 눈가에서 흘러내리는 물체를 감지하고, 로봇이 우웅— 소리를 낸다.

12

두 요양보호사가 침상을 정리하면서 대화를 나누고 있다.

"언니, 혹시 다른 분께 제 말 들은 거 없어요? 요즘 집에 신경 쓸 일이 많아서 잠을 설쳤더니 어제 실수할 뻔했지, 뭐예요."

"응? 무슨 말? 무슨 일 있었어?"

연장자 요양보호사는 채근이 아닌, 부드럽고 자상한 말투로 묻는다.

"체위 변경해 드려야 하는 걸 잊고, 5시간이 지나서야 봤어요. 그리고 어르신 프로그램 참여하실 때는 휠체어로 옮기는 과정에서 부축하고 있었는데, 제가 중심을 잃고 뒤로 넘어질 뻔했어요. 모두 괜찮았는데…, 휴, 지금 생각해도 아찔해요."

"큰일 날 뻔했네. 안 그래도 이 일이 정신적, 육체적 노동이 결합한 일인데, 집에 걱정거리가 있으면 말해 뭐해? 몇 배로 힘들겠지. 건강 관리 잘해~."

"네, 그래야죠."

"옛날에 교육받을 때 강사님이 해 주셨던 말씀이 지금 기억나네."

"그게 기억나요?"

정수리가 희끗희끗한 요양보호사가 더펄거리는 몇 가닥 머리카락을 귀 뒤로 넘기고는, 고개를 번뜻하게 들며 말투를 바꾼다.

"평균대 위에서 중심 잡아갈 때 흔들거리는 모습이 꽤 불안정해 보이죠? 그때 주변인의 손을 덥석 잡으면 나도 떨어지고 상대까지 다칠 수 있을 거란 생각을 해야 합니다. 내가 불안정한 상태면 그만큼 신중한 거리감이 필요한 겁니다. 요양보호사는 체력이 떨어져 있을 때, 어르신을 적극적으로 부축하려 들면 낙상할 수 있어요. 함께 더 크게 다칠 수 있다는 거죠. 정신적인 상태까지도 이울지 않도록 자기관리를 철저히 할 필요가 있습니다."

　피둥피둥하게 살집 좋은 요양보호사가 눈을 거슴츠레하게 뜨고 듣고 있다가, 까르르 터진 웃음이 그치지 않자, 배를 부여잡는다.

　"옹호하오 하하하, 아이고 배야. 언니, 어떻게 그걸 지금까지 외우고 있어요? 말투도 판박이~."

　"내 머리로 그냥 한 번 듣고 외워졌겠어? 메모해 두고 곱씹다 보니까 외워진 거지. 우리 같은 직업이 아니라도, 자기를 스스로 돌볼 줄 아는 사람이 다른 사람도 돌봐 줄 수 있는 건 맞잖아."

　웃음이 멎은 요양보호사가 머리가 어뜩한지 이번엔 하품을 참지 못하고 옹알대며 말을 잇는다.

　"그건…, 하~암, 그래요. 어제 일찍 잤는데도 피곤하아아…네요. 그래서 그냥 잠자코 누워만 계시는 어르신들이 돌보긴 편한 것 같아요."

　"나도 그렇긴 하지만, 어르신으로선 누워만 있으면 관절이 굳어져서 걷지 못하게 된다며. 그 말 들으니까, 가끔이라도 일어나시는 게 낫겠다 싶고…, 그러네?"

　"아, 그…, 3! 3! 3일에서 3주만 움직이지 않고 누워있으면 걷지 못한댔어요."

"그랬나? 그런 건 자기가 잘 기억하지."

"참, 언니, 이거 봤어요? 베갯잇이 젖어있던 거. 속까지 젖었던데요?"

"모르긴 몰라도, 어르신이 고생을 많이 하셨던 모양이야. 사람이 한을 품고 죽으면 안 돼. 그렇게 죽게 해도 안 되고. 모두가 사는 날까지 행복하게 살아야지. 우린 그저 안락한 환경을 만들어 드리는 일을…."

문이 열리는 소리가 들리자, 요양보호사들이 돌아보고 "산책 잘 다녀오셨어요?" 합창하듯 인사하고는, 분주하게 하던 일을 마무리한다.

침대 옆에서 휠체어 안전띠를 풀고 있는 요양보호사 왼편 뒤로, 나이 많은 요양보호사가 서 있고, 그 뒤로는 로봇이 대기 중이다.

로봇은 나이 많은 요양보호사의 생각을 엘시디에 적는다.

'어르신, 어디서 들은 건데요, **모진 삶 속에서 살아가는 모든 생명체는 서로에게서 그의 존재 자체로도 힘을 얻는다**고 했어요. 아무것도 해주지 않고 받지 않았어도요. 그래서 **생명은 소중한 거고, 우리가 그걸 느낄 수 있을 때 아름다운 사람이 되는**

것 같아요.'

세 명의 요양보호사들은 저마다 노인을 침대로 옮기는 일에 달라붙은 탓에, 엘시디를 보는 사람이 아무도 없다. 생각하던 요양보호사가, 끙 소리를 내며 기운 없이 침대에 누운 노인에게 이불을 살뜰히 덮어주며, 눈으로 말한다.

'어르신, 이렇게 꿋꿋이 살아계시는 모습을 보여 주시는 것만 도 저희에겐 힘이 돼요.'

13

삼촌은 손사래를 치며 찌푸리고 있던 얼굴을 돌렸다.

"어르신도 들을 수 있다며? 표현해야 말이 되는 거지. 생각만 하려면…, 어르신이 엘시디 수신 장치를 귀에 꽂지도 않았잖아. 저러니까 가슴이 먹먹해진다."

나도 아쉬웠지만, 느닷없이 이 말이 생각났다. 정확히는 아니고, 절반쯤.

"세상에는 **세상 사람들이 모두 이해할 수 있는 어떤 언어가 존재**한다. 그건 사랑, 열정, 무언가를 바라는 믿음으로 만들어지는 **감동의 언어**였다. …"

삼촌이 내 말을 자르고 고막을 찌르는 괴성을 질렀다.

"이야! 철학 교수님이 명언을 남기시는 거냐? 다시 말해 봐. 나도 어디 가서 써먹어 보자."

난 코웃음이 나오다가 콧물이 어딘가로 튀는 걸 보고 두리번거렸다.

"빌려온 말이에요. 출처는…, 기억이 흐릿해요. 누가 어떤 말을 했는가를 많이 전하는 것보다, 하나라도 듣고 배운 걸 실천하는 삶이 더 중요한 거겠죠. 저 요양보호사는 지식 이전에, 세상 사람들 모두가 이해할 수 있는 감동의 언어가 무엇인지를 안 거고, 그걸 실천했어요. 어떤 미사여구를 쓴 말보다 더 온기 있는 무언의 언어를 사용했기 때문에 충분히 어르신께 전달됐을 거예요. 철학 강의할 때도, 듣고 보고 안 것에서 옳다고 판단되는 것에 대해선 언행일치가 중요하고, 실행하지 않으면 내 것이 아닌 타인의 지식이자 참된 지식이 아니라고 가르치고 있어요. 학생들에게 방점 찍기용으로 이걸 들려줘야겠는데요?"

"누가 교수님 아니랄까 봐…."

"누군가는 가르치는 것에 대해서 조종하려 든다며 거북함을 드러내는데, 자기의 이익을 위해 상대를 이용하거나 단순히 명령하면서 상명하복을 즐기는 게 아닌 이상, 조종한다는 말은 아무 상황에나 적용하면 안 된다고 생각해요. 사색을 제안하는 일은 조종과는 다른 것이죠."

"새벽 2~3시까지 잠 못 자게 하고 사색을 제안한다면?"

삼촌은 가끔 엉뚱한 질문을 농 삼아 던지길 좋아했다.

"그건 조종을 넘어서 고문 아닐까요?"

노인이 자세변환용 쿠션을 대고 모로 누워있고, 벽에 붙여진 종이에 낙서를 하고 있다. 그리는 선 끝은 메말라 있다. 잡초를 그린 듯, 바스락 소리를 내며 부서질 것 같다.

멀찌감치 서 있는 한 요양보호사가 돌돌 만 기저귀를 비닐봉지에 담으며 그 모습을 넌지시 본다.

'프로그램 참여하실 때도 그렇고, 여기서도 늘 똑같은 선만 그리고 계셔. 뭐지?'

그녀는 쓰레기를 버리고 돌아올 때까지도 화폭을 놓지 않는 노인에게 다가가 말을 건넨다.

"어르신, 팔 안 아프세요?"

"………."

"한 군데만 그리셔서 여기가 해지려고 하네요. 종이 갈아드릴까요?"

그러자 노인은 손을 조금 옆으로 옮겨 뻗고는 이어서 선을 그린다.

"네. 그럼 2시간 있다가 또 올게요. 그전에 필요하면 벨 눌러 주세요."

요양보호사가 나가자, 노인의 손에 힘이 들어가기 시작한다. 그리다 멈추고, 이어 그리다, 또 멈춘다. 손만이 아니라 어깨까지 우들우들 떨고 있다.

'거기에, 있었다, … 있었다, 난, 거기, 있었다! …'

14

"옥자야, 독하게 마음먹고 살아."

"산 사람 죽으란 법 없다."

"네가 엄마, 할머니 몫까지 잘 살아야지. 에이고, 불쌍한 것…."

몇 안 되는 이웃 아주머니들이 동정하며 쌈짓돈을 모아 손에 쥐여줬다. 그런 와중에도 뒤에서 험담하는 소리가 들려왔다.

"팔자가 사나워서 엄마, 할머니 다 죽이고 혼자 살았네."

"독하니까 눈물 한 방울 안 흘리지. 눈 좀 봐봐. 삼백안이잖아."

난 삼백안이 아니다. 그들을 분노에 찬 눈으로 노려보느라 그렇게 보였을 뿐이다.

정 많은 이웃 아주머니 소개로 서울 외곽 지역에 있는 한 봉제 공장에서 숙식하며 일하게 됐다. 당장엔 취직이라고 할 수 없었다. 숙식을 제공받는 대신 실밥 떼고 포장하는 일을 거들었다. 그곳 사람들은 처음에 날 모두 '시다'로 불렀다. 6개월까지 이름 없이 살았다. 단추라는 일을 배우고, 그 일을 전담하면서부터 이름을 불러줬고, 푼돈이라도 벌기 시작했다.

그곳은 가족이 운영하는 공장이었다. 사장이 재단사였고, 사모가 실장이자 재봉사였다. 사모 남동생이 팀장이자 재단 보조를 맡았고, 사모 외삼촌이 부장이자 '시야게'라고 하는 스팀 다림질, 공정 마무리 작업을 했다. 일감이 쌓일 때는 외주를 주거나 일용직을 불렀다. 놀고 있는 재봉틀이 여러 대 있었는데 일이 많을 때는 빈자리가 없었다. '드륵, 드르륵' 소리를 듣고 있자면, 신나기도 했고 속이 뻥 뚫리는 것 같았다. 공장에서 가동되는 모든 전기 음과 천의 펄럭임이 조화롭게 너울댈 때면, 좀 다른 느낌의 풍물 연주회를 연상케 했다. 그렇게 북적대는 속에서 나도 언젠가는 악사처럼 재봉틀을 다뤄보고 싶었다. 처음으로 갖게 된 꿈이었다.

사장은 혈혈단신이었다가 사모를 만나면서 가족이 많아졌다며, 의지가지없는 내게도 희망을 심어주곤 했다.

"식구가 뭐냐? 함께 밥 먹고 살면 식구야. 그러니까, 옥자도 우리를 식구라고 생각해. 알았지?"

난 이름을 잘 외우지 못했다. 일하면서 이름을 직접 부를 일이 없고 직함을 불러서 다행이었는데, 나름대로 기억에 남는 별명을 한두 글자로 만들어서 머릿속으로만 부르는 것이 취미가 됐다. 사장은 방귀를 자주 터뜨려서 '뿡', 실장은 재봉틀 돌리는 소리로 '드륵', 팀장은 욕을 잘해서 '삐', 부장은 스팀을 내뿜을 때 나는 소리로 '쉭쉭'이었다.

드륵과 삐는 10살 차이가 났다. 드륵이 삐에게 당부했던 말 때문만이 아니라, 삐는 진심으로 8살 어린 날 친여동생처럼 살갑게 대해주었다. 심부름 다녀오는 어스레한 길목이 있으면 항상 삐가 마중 나와서 기다리고 있었다.

내가 그곳에서 2년 가까이 지내고 18살 되던 해 1월 1일 저녁, 오랜만에 삼겹살을 구워 먹었다. 단체복 납품 마감 일정을 맞추느라 휴일에 쉬지 않고 야근해야 했기 때문에 모두 체력 보강할 필요가 있었다. 그리고 매해 첫날은 모두의 생일로 지정해서 서로의 바람을 말하고 들어주는 기념일이기도 했다.

뿡은 작년에 들었던 대로 건물주가 되고 싶어 했고, 드륵은

해외여행을 갈 수 있길 바랐고, 쉭쉭은 아파트로 이사하고 싶어
했고, 삐는 생각 해둔 것이 없었던 모양인지 뜸을 들였다. 난 삐
에게 소원이 뭐냐고 물었는데, 삐는 내게 되물었다. 삐는 날 '옥
자'가 아닌 '옥이, 옥아'로 불렀다.

"옥아, 넌 소원이 뭐냐? 작년처럼 없다고만 말하지 말고."

삐가 의자 등받이에 기대어 고개를 기울고 한쪽 팔을 팔걸이
에 걸치고는 검지로 관자놀이에 난 흉터를 위아래로 밀면서 내
대답을 기다렸다. 작년에는 이렇게까지 기다려 주지 않았는데,
무슨 말로라도 둘러대야 할 것 같았다.

"재봉사가 되고 싶어요."

이 말에 삐를 제외한 나머지 사람들은 입 안에 가득 든 음식
을 오물거리면서 서로를 번갈아 바라봤는데, 뽕이 먼저 입을
뗐다.

"그런 소원이라면 당장에라도 들어줄 수 있겠네. 이 실장, 제
자로 잘 키워줘 봐."

그렇게 난 삼겹살을 먹으면서 생애 첫 소원의 문을 두드렸다.

15

"자신이 원하는 게 무언지 언제나 알고 있어야 한다."

"자신의 꿈에 가까이 다가갈수록, 자아의 신화는 살아가는 진정한 이유로 다가온다."

난 문득 떠오르는 두 구절을 쏟아내며 화장실에 다녀오려고 일어섰다.

"오호…. 교수님의 말씀입니까?"

삼촌이 영상을 일시 정지하고, 날 올려다보며 물었다.

"이것도 주워들은, 아니, 책에서 읽은 경구입니다. 음…."

작가 이름과 도서 제목이 정확지 않아 말을 잇지 못하고 부랴부랴 자리를 떴다.

9개월간 정교한 기술까지는 필요 없는 수월한 박음질만 했다. 부속품 박음질처럼 겉으로 드러나지 않는 것들을 만들고 나서 드륵에게 넘겼다. 처음에는 재봉틀 앞에 앉는 것이 무척 긴장됐다. 살짝만 밟아도 인정사정없이 바늘이 내리꽂히는 걸 보고 손가락에 박힐까 질겁하기도 했다. 온종일 앉아서 힘 조절하느라 애쓴 다리와 허리가, 밤이 되면 주인에게 혹사했다며 통증을 주곤 했다.

반복적으로 뒤틀리는 아픔은 그 대가로 풀어지는 치유를 선물했다. 아침에 눈 뜨면 금세 날이 저물고 눈 감을 시간이 왔다.

흐르는 시간 사이로 엄마와 할머니 기억이 허무하게 빠져나가 버렸다. 무겁고 뜨겁고 아리던 머리가 가볍다 못해 서늘해지기까지 하더니 텅 비어 허전해졌다.

내게 허락된 식구들은 타고난 체력이 강했다. 어쩌면, 강해야 살 수 있으니 강해져야 했고, 강하게 된 것 같았다. 앓는 소리를 들어본 적이 없었다. 자기 몸 편하게 하자고 남에게 폐 끼치지 않았다. 남을 이용하지도 않았다. 지금에서야 생각해 보니, 그 시절에는 의미를 몰랐던 '위선'이라는 단어를, 그들도 몰랐음이 틀림없다. 삶을 대하는 자세로 말하자면, 어딘가에 도취한 즐거움과 아름다움 뒤로 우아하고 영리하게 숨는 것이 아니라, 용기 있게 헤쳐나가다 보니 시끄러우면서 어찌 보면 조용하고 침울해 보일 때도 있었지만 뿌리부터 경쾌한 기운은 숨길 수가 없었다.

선과 악을 줄 하나로 나누고 붕, 드륵, 삐, 쉭쉭을 세운다면, 그들 모두 선(善)이라는 영역 안에 서 있어도 이상하지 않을 사람들이라는 것을 알았다. 나를 포함해서, 여태껏 겪어 온 모든 사람이 양면성을 갖고 있음을 경험했는데, 식구들은 학식이라는 겉옷을 걸치지 않았음에도, 본능적으로 조절력이라는 속옷을 입고 있었는지, 선을 넘는 일이 없었다. 자기의 이익에 거스르고 비위에 거슬린다고 남을 헐뜯는 적을 본 적이 없었기 때문이다.

나는 먼 타인의 시선과 평가에 무심한 편이었다. 그보다 가까이 있는 사람들의 정서에서 영향을 많이 받았고 그들의 말을 귀담아들었다. 단점보다는 장점이 많다는 말을 좀 더 들어왔고, 무리 속에서, 없는 존재처럼 살아왔다. 엄마 대신 할머니 식사나 거동을 살펴드리는 일을 했을 때, 착하다는 말을 듣곤 했지만, 일터에서 남이 시키기 전에 일을 찾아서 행동으로 옮겼을 땐 날 평가하는 의견이 분분했다.

"시키는 것만 해. 어설프게 해놓으면 할 일이 더 늘어난다니까."

"알아서 하면 좋구먼. 놔둬. 해 봐야 늘재. 지도 하다 지칠 때가 있겄지."*

드륵은 아무 말 없이 지켜보기만 했는데, 기간제 재봉사들이 옥신각신했다.

그에 대해 나는 어떠한 반응이나 불평할 이유가 없었다. 오히려 고맙게도 약간의 잡음은 꺼져가던 불씨에 잔바람을 불어주

....

* 방언

는 역할을 했다.

어수선한 세상에 덩그러니 혼자 남겨졌을 때, 누군가 신은 인간을 사랑하신다며 신을 믿으라고 조언했다. 그 당시에는 그런 저주에 가까운 말이 깨달음이 되어 현실에 파고들 만큼 마음이 열려있지 않았다. 사랑한다면서 왜 고통을 주나 말이다.

그러다가 새 식구를 만나고, 단순하면서 안정된 생활을 해나갈 수 있게 되면서부터 신이 있을지도 모른다는 생각이 순순히 들기 시작했다.

하지만 그 생각도 오래지 않아 사그라들었다. 애초에 신이 없었든지, 죽었든지, 신이 있더라도 날 저버렸든지, 하는 비관에 빠질 사건이 발생했기 때문이다.

16

"니체가 '신은 죽었다'라고 했지만, 다른 수많은 공감하는 말 중에, 이 말에는 오류가 있다고 생각해요. 철학과는 별개의 사견인데요, 신 자체는 죽고 사는 존재가 아니죠. 인류가 사라지더라도 신의 존재를 깨달을 수 있는 생명체가 하나라도 남는다면, 신은 현존하는 걸 테니까요. 다른 생명체끼리도, 인간이 알아들을 수 없는, 소통하는 언어가 있다는 전제로, 신은 생명체

내면 상태에 따라 살 수도, 죽을 수도 있는 존재라고 믿어요. 혼탁한 세상을 살아가면서 오염됐다가도 정화하고 변해가는 사람을 보면 신을 만났고 신을 닮아가려 노력하고 있음을 입증하는 거 아닐까요?……."

나는 로봇이 작성해 놓은 영상 속 글을 끝까지 읽지 못하고, 연극 무대의 막이 내리기도 전에 손뼉을 치는 것과 같은 실수를 저질렀다.

내가 하던 말을 그만두자, 인내심을 갖고 나를 빤히 보고 있던 삼촌이 "슨생님~. 쯧." 혀를 끌끌 차고는 놓쳐버린 부분을 되돌려 감았다.

삐는 키가 크고 말랐지만, 육상선수라고 해도 믿을 단단한 체구를 가졌다. 늘 입고 있는 운동복 바지는 납품할 때 품질 검사에서 통과하지 못한 제품이었다. 그걸 입고 새벽마다 동네를 뛰어다니는 모습을 본 사람마다, 삐가 입만 다물고 있으면 모범 청년이라고 입 모아 말했다.

원단, 상자 나르기 등, 특히 몸 쓰는 일에서는 삐가 일을 가장 많이 했는데, 늦은 봄에 검은색 민소매 티셔츠가 땀으로 등에 찰싹 달라붙을 정도였다.

공장은 건물 1층을 쓰고 있었지만, 앞길은 약간 경사져 있고 속도 감속 턱이 있었기 때문에, 출입문을 열고 계단 세 개를 내려가야 땅과 만났다. 전면 창문이어서 일부러 고개를 내밀지 않아도 거리 풍경이 그대로 펼쳐졌다. 매일 낮에 손수레를 끌고 오는 노인이 보일 때면, 삐는 열 일 제치고 뛰어나가서 자기가 직접 손수레를 끌어 턱을 넘어 올라가는 모습이 보였고, 노상 십 분 정도 지나서야 돌아왔다. 이마와 콧등에 땀이 송골송골 맺힌 삐가 지나간 뒤로 시그무레한 짠 내가 나곤 했다. 성실성 때문에 진동하는 겨드랑이 땀 내음이 싫지 않았다.

드룩이 해외여행이 꿈이라고 했을 때, 솔직히 난 그때까지 살면서 국내 여행조차 갔던 적이 없었기 때문에, 무슨 차이가 있는지 알지 못했다. 여름에 식구들과 처음으로 동해안 갔을 때, 코를 찌르는 짠 내음이 삐에게서 나는 그것과 같다는 걸 알게 됐다. 그 후부터였던 것 같다. 삐를 볼 때마다 바다가 연상되는 일이. 거무죽죽한 티셔츠 등에 말라 그려진 하얀 소금기 얼룩은, 검푸른 파도가 포물선을 그리며 하얗게 부서질 때 만드는 무늬와 같았다.

바닷가에서 밤에 식구들과 모닥불 피워놓고 앉았을 때, 쉭쉭이 내게 막걸리를 따라 주며 걸걸한 목소리로 말했다.

"옥자는 술 처음이지? 첫술은 어른에게 배우는 거라더라."

드륵은 미성년자에게 술을 줘도 되는 거냐며 옆에서 말렸고, 뽕은 자기 몸 책임지고 일하고 있고, 자립했으면 성인으로 봐줘도 된다. 그리고 내일모레면 성인이라며 쉭쉭을 지지했다.

나는 잔을 받아서 그대로 마시려고 했는데, 삐가 두 손을 내 귀에 포개고 자기 얼굴로 향하게 돌렸다. 깜짝 놀라 귀에 열이 오르는 게 느껴졌다.

"열나는 것 좀 보게. 마시기도 전에 취했냐? 어른 앞에서 술 마실 때는 고개를 옆으로 돌리는 거, 몰랐지?"

술이 쓰면서도 달았는데 마시고 나서 꼭 트림이 나서, 모두 한바탕 웃었다.

뽕이 가부좌를 틀고 허리를 곧게 펴고 앉아, 힘든 점이나 바라는 점을 한 사람씩 돌아가며 말해 보라고 하자, 드륵은 뽕에게 직업병이 도진 것 같다, 편하게 쉬다 가자면서 만류했다.

뽕과 쉭쉭이 술잔을 주거니 받거니 하면서 말소리, 웃음소리가 함께 커지고 드륵도 중간에 추임새를 넣는 가운데, 삐가 내 옆으로 슬그머니 붙어서 귀엣말로 물었다.

"내 소원이 뭔지 말해줄까?"

난 왼쪽 귓구멍이 간질거렸지만, 말은 못 하고 고개만 까딱

했다.

삐는 들릴 듯 말 듯한 날벌레 소리로 귀에 바람을 불어넣으며 말했다.

"너랑 결혼하는 거. 그리고 열심히 돈 모아서 색시 맞을 집 장만하는 거."

내 귀는 더 이상 간지럽지 않았다. 대신 삐— 하는 이명이 한동안 지속됐다.

17

뿡, 드륵, 쉭쉭이 우리의 존재를 까맣게 잊고 요란한 대화를 이어가면서, 삐가 계속 구애할 수 있도록 도왔다. 삐는 내 왼쪽 새끼손가락을 만지작거리며 미래 계획에 대해 구체적으로 들려줬다.

"2년 후, 네가 스무 살이 되면, 아담한 전셋집 마련해 놓고 정식으로 청혼할게. 지금은 아니야. 내가 아직 준비가 덜 됐거든. 너도 생각할 시간이 필요할 거고."

삐는 말 하다가 내 눈치를 보는 듯했다. 왼쪽에서 시선이 느껴졌기 때문이다. 난 머리가 아득해진 상태였다. 그런 상황에서 무슨 말을 해야 할지 몰랐다. 이럴 때 어떻게 대처해야 하는지,

내 마음과 생각을 표현하는 법에 대해서 배워본 적이 없었다. 아니다. 애초에 이런 일이 내게 일어나리라고는 상상도 못 했다. 엄마만 살아있었다면 물어봤을 것이다. 3년 전 속옷에 처음으로 피가 묻고 옷에까지 뱄을 때 식겁했다. 그때 엄마가 '이제 애를 낳을 수 있는 몸이 된 거야. 젊은 놈이든 늙은 놈이든 남자가 꼬드긴다고 따라갔다간 신세 망친다. 남자는 성실한 놈을 만나야 해.'라고 했다. 아빠에 대해 말해줬던 건 절반 이상이 욕이 섞인 부정적인 내용이었다. 엄마 말로만 완성된 아빠의 모습은 철부지 아이, 망나니였다. 죽기 전에 사람 되길 바란다고 했고, 아빠와 정반대 남자면 내 신랑감으로 합격이라고도 했다. 그렇다면, 삐와 결혼해도 되는 것 아닌가?

"지금 대답하라는 거 아니야. 궁금한 거 있으면 물어봐도 돼."

삐는 마음에 둔 가인이 고개만 숙이고 있으니 초조해하는 것 같았다. 난 어렵사리 마음에 걸리는 문제에 대해 입을 떼며, 삐를 살짝 쳐다봤다.

"저…, 싫지는 않은데요…, 우리는 식구잖아요. 제가 몰라서 그러는데, 식구끼리도 결혼할 수 있어요?"

삐는 놀라움과 웃음이 교차한 모호한 표정을 지었다. 그때 이글이글 핀 장작불이 타닥타닥 소리를 냈다. 어른대던 불씨 파편이 살랑이고 하늘로 올라가는 걸 지켜보며 할 말을 가다듬었는지, 이번에는 내 왼손을 힘주어 깍지 끼고 대답했다.

"법이 허락하지 않으면 할 수 없지. 하지만 우리 사이를 가로막고 있는 법이 없어. 원래 남자와 여자가 눈이 맞으면 결혼하고 나서 식구가 되는 건데, 우린 그 순서도 바꿔놨어. 그래서 너와 난 운명인 거야."

그로부터 두 달이 콧노래와 신바람을 불러일으키며 지나갔다. 드륵은 내가 처음 왔을 때보다 얼굴이 피어났다고 했다.

동네 장이 서는 날, 삐가 고무줄과 머리핀을 사서 내 재봉틀 위에 있는 쪽가위 통 안에 넣어두고 간 적이 있었다. 나는 길게 땋은 머리를 그 고무줄로 묶고 뒤통수 위쪽에 머리핀을 꽂고 나서 그의 앞을 일부러 왔다 갔다 하면서 볼 수 있도록 했다. 삐는 벙글거리며 입을 다물지 못했다.

나도 삐에게 무언가를 해주고 싶었다. 안 보는 척 훑어보니, 낡은 운동화가 눈에 띄었다. 좋은 걸 사려면 웃돈을 줘야 했지만 아깝지 않았고 망설이지 않았다. 삐는 선물을 받고 감격했는지 다른 식구들이 안 보이는 곳에서 내 뒤에 서서 허리를 감싸 안았다. 내 몸에서 손, 귀 외에 다른 곳을 만진 건 처음이었다.

내심 화들짝 놀라서 상기된 채 숨죽이고 서 있었고, 심장 소리 조차 들리지 않았다.

삐는 새 운동화를 신고 더 멀리 달리기 시작했다. 마라톤 대회에 나가고 싶다고도 했다. 나는 삐가 바라는 건 뭐든 다 이룰 거라고 믿었고, 믿는다고 말해줬다.

납품이 있던 날, 저녁 식사 전까지는 돌아올 거라고 했던 삐가 오지 않았다. 다른 식구들은 별걱정 없이 식사했고, 난 젓가락으로 밥알을 끼적대며 창밖을 주시했다. 저 멀리 어둑한 곳에서 걸어오는 남자가 한 손을 번쩍 들었다. 나도 젓가락을 쥔 채로 오른팔을 들고 손을 휘저어 인사를 했다. 그런데 그 남자는 다른 방향으로 사라져 버렸다. 잘못 알아본 것인가. 헛것을 본 것인가.

밥그릇을 싹싹 비우고 물을 마시던 드륵이 실눈을 뜨며 내게 말을 던졌다.

"너희들, 연애하냐?"

묘하게 불안하고 착잡했던 데다 난처한 질문을 받으니 도망치고 싶었다. 벌떡 일어나 곧장 화장실로 달려가서 주저앉았다.

그때 공장문에 달아놓은 종이 울렸다.

"내 밥 남겨놨지? 어휴 ××, 오는 길에 차가 퍼져서…."

화장실 안까지 울린 삐의 힘찬 욕을 듣는 순간, 안도감이 볼을 뜨겁게 적셨다.

18

이번에는 삼촌이 내 몰입을 방해했다.

출출했는지 과자 봉지를 부스럭대며 뜯고 한 움큼 입에 털어 넣고는 쩝쩝대며 말했다.

"난 또, 무슨 일 일어난 줄 알았네."

대부분 제작이 끝나면 거래처에서 검품 담당자가 나와서 공장에서 직접 검수하고 도장을 찍고 포장해서 가져갔다. 이번처럼 공장에서 거래처로 직접 가져다주는 경우는 드물었다. 삐가 내게 소중해질수록 그의 안위에 대한 걱정이 커졌다. 그런 내 심정을 삐에게 말했더니, 씩 웃으면서 이런 말을 해줬다.

"옥이가 처음 공장에 왔을 때, 하늘에서 천사가 내려온 줄 알았어. 네가 날 지켜줄 테니 아무 일도 일어나지 않아."

그건 상당히 과장된 말이었다. 그때의 내 모습은 깡마르고 얼굴에 버짐도 피어 있었는데, 천사라니…. 삐는 나를 어떻게 안심시켜 줄 수 있을지 잘 알았다. 삐 품속에서 안정감을 찾았고,

삐 없이는 살 수 없는 내가 되어 있었다.

삐를 납품하러 가게 만드는 거래처가 싫었다. 하지만 주문이 들어오니까, 식구들과 함께 삐도 덩달아 '기념으로 삼겹살 구워 먹어야겠다.'라며 내 속을 지글지글 애태웠다.

식구들은 일에 있어서 노련했다. 모두 부지런했고 손발이 착착 맞아서 납품이 지연되거나 하는 일이 없었다. 거래처가 늘어나서 바빴지만, 삐의 새벽 달리기는 계속됐다. 그는 애정 표현에도 지치지 않았다. 다정한 눈짓은 짧아졌지만 강렬했다. 내 옆으로 1cm 밀착해서 서 있을 때는 그의 몸에서 발하는 후끈한 열감이 내게 전해와서 손이 떨리기도 했다. 얼마 남지 않은 열여덟을 보내고 열아홉은 건너뛰고 얼른 스무 살이 됐으면 하고 바라니까, 시곗바늘에 추가 달린 듯 더디 갔다.

선선하다 못해 쌀쌀한 가을비가 내리던 날이었다.

삐를 오라 가라 하는 것과 하필 그런 날이 납품일이라는 것도 못마땅했는데, 거래처에서 다음날 납품해달라고 연락이 왔다. 내 바람이 하늘에 닿았나보다 했고, 식구들도 다행이라고 했다.

다음날은 구름 한 점 없이 쾌청했다.

납품하러 가니까 체력을 아껴두라고 모두 당부했지만, 삐는 전날 비가 많이 와 달리기를 못 해서 찌뿌드드하다며, 새벽부터

한 바퀴 달리고 들어왔다. 거래처 가는 데 말쑥한 옷 입고 가라고 권해도, 막일하는 데 땀나고 옷 더러워지니까, 편한 운동복이 적당하다고 고집부리면서 공장에서 일할 때 입던 차림 그대로 떠났다.

다른 거래처 일이 쌓였기 때문에 공장에 남아있는 사람은 야근하려고 일찍 저녁 식사하고 일하고 있었다. 뿡이 재단을 끝마치고 라디오를 틀었을 때가 밤 9시였다. 밖에는 행인 한 명 보이지 않았다. 공장 임대료가 저렴한 데엔 이유가 있었는데, 앞길이 좁아 납품할 때는 탑차를 정차하고 있다가 다른 차가 오면 금방 빼줘야 했다. 상시 주차할 공간이 없어서, 뒤 건물 지하 주차장에 댔기에 삐의 걸어들어오는 모습이 보여야 했다. 밖을 재차 보다가 재봉틀 바늘 밑으로 손을 갖다 댈 뻔해서, 집중하고 좀 더 일하고 있을 때였다.

"호재 녀석, 오늘은 많이 늦네?"

편안한 표정으로 일하는 것처럼 보였던 드륵도 속으로는 걱정하고 있었는지 시계를 보면서 웅얼거렸다. '축 발전'이라고 쓰여 있는 벽시계가 9시 50분을 가리키고 있었다.

쉭쉭은 배탈이 나서 약 사 먹고 퇴근했고, 뿡은 하던 일을 간추리고, 재단 뭉치를 끈으로 묶어놓고 밖을 한 번 내다봤다. 꼬

여있는 전화기 선이 신경 쓰였는지, 수화기를 들어 저절로 풀리

도록 늘어뜨렸다가 제자리에 올려놓은 순간, 전화기가 사납게

울어댔다.

뽕이 전화를 받았다. 나와 드륵은 동시에 손과 발을 재봉틀에

서 떼고 뽕을 쳐다봤다.

"네. 맞습니다. 네? 네. 네. 바로 가겠습니다."

"어디서 전화 온 거예요? 뭐래요?"

드륵이 나와 같은 불안감에 휩싸였는지, 흥분한 어조로 다그

쳤다.

"매제, 지금 경찰서에 있대."

19

"제가 몇 번을! 같은 말 되풀이하고 있잖아요~. 왜 제 말을 안

믿습니까? 씨….."

뽕, 드륵과 내가 경찰서에 도착했을 때, 삐가 욕이 나올 뻔한

걸 참고는, 경찰관에게 거칠게 항의하고 있었다. 화풀이 대상이

된 머리털은 온통 뒤엉켜 부분적으로 삐죽삐죽 갈피를 못 잡고

있었다.

"같은 패거리 아니면! 함께 뛰어갈 이유가 없잖아!"

경찰관이 들고 있던 서류철을 책상 위에 세게 내리치면서 으름장을 놓자, 뿡이 반격했다.

"왜 선량한 시민에게 반말하십니까? 말을 끝까지 들어봐야죠. 경찰이 선입관 갖고 조사해도 되는 거예요?"

"지금 조서 쓰고 있습니다. 거기 세 분은 방해하지 말고 저쪽 의자에 좀 앉아 계세요."

다른 경찰관이 심드렁한 표정으로 우리를 분리 조치하려 했다.

이번에는 드륵이 나섰다.

"우리 동생이 납품 갔다가 운전을 오래 했을 텐데. 저녁도 못 먹고 이리로 온 것 같은데요, 저녁 좀 먹이고 얘기 들어보면 안 될까요? 사람이 피곤하고 배고프면 헛말도 나오고, 그럴 때 있잖아요."

마주하던 경찰관 두 명이 서로 번갈아 보더니, 한 명이 양손으로 허리춤을 잡고 일어나면서 내뱉었다.

"국밥 한 그릇 시켜드려. 시간 많아. 이참에 도망친 놈들 다 잡아들여야지."

나는 삐가 그 말 듣고 음식을 편하게 먹겠나 싶어서, 그 경찰관을 쏘아봤다.

삐는 밥 생각이 없는 듯했다. 얼굴을 돌리고 한숨만 푹푹 내

쉬고 있었다. 반나절 사이에 얼굴색이 까맣게 변했고 볼살이 쏙 빠졌다. 눈동자는 풀려있었고 흰자 부위는 분홍빛으로 물들었다. 내 시선을 일부러 피하고 있는 것 같았다.

드륵이 살살 달래며 숟가락을 쥐여줬다.

"우선 먹고 기운 내야지. 배가 든든해야 싸울 수 있는 거야. 어깨 쭉 펴고."

그 말에 삐는 생각을 바꾼 듯, 입 안 한가득 채워 넣고 우적우적 씹어댔다.

국물까지 다 비우는 걸 지켜보고, 뽕이 먼저 입을 뗐다.

"매제, 어떻게 된 건지 우리도 좀 알자."

삐는 여러 번 말해서 지친 듯, 나지막이 한숨을 쉬면서 침만 꼴깍 삼키고 머뭇댔다. 우리가 걱정스러운 표정으로 바라보며 기다려 주자, 머리채를 한 번 잡았다 털어내더니 말하기 시작했다.

"전 진짜로 그 사람들이 야간에 마라톤하고 있는 줄 알았다니까요."

삐는 이 말 했다 저 말 했다, 평소와는 다르게 말을 늘어놓았다. 그런 모습을 본 드륵이 답답하다는 듯 안타까워하며 의자에 털썩 등을 기대고 앉았다가, 말을 제대로 들어보려고 가슴을 앞으로 당겨 앉았다.

정리하자면, 이랬다. 삐가 납품하고 돌아오는 길에 졸음 운전할 뻔해서, 정차해 두고 잠을 잔 모양이었다. 그러다 주위가 소란스러워서 깼는데, 피로가 덜 풀린 상태에서 창밖을 보니, 단체로 뛰고 있더란 것이다. 해가 떨어져서 어두웠는데, 호각 소리도 들리는 것 같고, 야간에 마라톤 하는 사람들 안전하게 해 주려고 그러나 보다 생각했단다. 잠도 떨쳐 버릴 겸, 같이 좀 뛰다 돌아오면 좋겠다 싶어서 차에서 내려서 합류했단다. 그게 전부였는데, 그들 꽁무니에 따라붙은 지 몇 분 지나지 않아 경찰에게 붙들려 이 지경에 이르렀단다.

웃지 못할 일이었다. 삐에 대해 아는 사람은 충분히 일어날 수 있는 일이라고 이해했지만, 경찰은 삐의 겉모습과 사회적 지위 등만 파악하고 오해한 것이다.

우리는 똘똘 뭉쳐서 경찰관들에게 항변했다. 가족이 오면 진술이 빨리 끝날 거로 계산했던 경찰은 달라지는 내용이 없자, 조서를 쓰는 데 시간이 좀 걸리니까, 집에 돌아가 있으라고 우리를 회유했다. 하지만 우리는 자리를 지키고 버텼다. 자정이 가까워져 오도록 팽팽한 의견 차이가 좁혀지지 않자, 삐가 억지 웃음 지으며, 우리를 다독였다.

"달리기만 한 게 죄는 아니잖아요. 걱정하지 말고 가세요. 내일 봐요."

다음 날 아침, 뉴스 속보가 떴다.

'망치파 일원, 구속 수사, 꼬리만 자르고 끝날까?'

몇 시간 후 뉴스 속보가 또 떴다.

'망치파 5명 추가 체포, 첫 구속 1명 조직원 아니라고 옹호, 꼬리 아닌 머리 잡았나, 일망타진 노린 수사 가속화.'

20

우리는 뉴스를 보고 아연실색했고, 공장 문을 걸어 잠가야 했다.

경찰이 삐를 조직 폭력배 일원으로 속단하고 얼굴까지 공개하여, 거래처 여기저기서 전화 문의가 빗발쳤다. 하루가 지나도 변함이 없자, 급기야 뽕이 전화선을 뽑았다. 드륵은 공장 다락방에 몸져누웠다. 뽕과 쉭쉭도 참담한 얼굴로 공장 안에서 소주잔을 기울이고 있었다. 하루 만에 벌어진 일이라고는 믿기 어려우리만치 상황이 급물살을 타고 변해버린 것이다.

이럴 때일수록 침착해지자고 마음을 다져 먹었다. 삐는 어느 때보다 힘들고 외로울 테니까, 삐가 갈아입을 속옷을 챙겨서 만나봐야겠다고 생각했다. 우리를 가로막고 있는 법이란 것이 만나게 해 줄지 매몰차게 쫓아낼지 알 수 없는 노릇이지만, 부딪쳐 보기로 했다.

공장 안에 다른 사람은 모르는, 삐와 단둘이 앉아있을 수 있는 둘만의 좁은 장소가 있었다. 언젠가 삐가 밤새워 만든 곳이다. 서랍 세 개 달린 부자재 통이 세워져 있는 뒤로, 벽처럼 보이는 나무판이 있었는데, 속이 비어있는 걸 알고는 그걸 떼서 이중으로 만들어 놓은 것이다. 옆으로 여닫는 문손잡이가 감춰져서, 겉에서 보면 내부가 있는지 모를 정도로 감쪽같았다. 삐에게 가져다줄 것들이 그 안에 있었고, 나는 짧게나마 그 안에서 삐와의 달콤한 추억에 빠져보고 싶었다. 뿡과 쉭쉭이 멀리서 술로 시름을 잊고 있는 모습이 보였고, 내게도 심리적 위로가 필요했다.

깜빡 졸았었나 보다. 라디오 소리는 아닌데, 깨지고 부서지는 굉음, 여러 명이 소리치는 소리가 동시다발적으로 들렸다. 내 심장 소리가 너무 크게 들려 조마조마했다. 문을 열고 나갈 용기가 나지 않았다. 소리 나지 않게 중간 문을 살살 옆으로 밀고 바깥 얇은 나무판에 귀를 댔다.

"우린 재칼파다. 망치파가 이렇게 위장하고 숨어 있었네? 망치파 니들 때문에 우리 사업이 좆! 됐다, ××. 그동안 우리가 니들 두목을 얼마나 찾아다닌 줄 알아? 그 ××는 바로 조지지 못하니까, 니들이 대신 뒈져!"

퉁탕 퉁탕 끌어내려 오는 소리, 드륵의 새된 소리가 들렸다. 숨이 막힐 듯했다. 불빛이 새어 들어오는 틈이 보여 눈을 갖다 댔다. 못을 박았다가 떼어냈는지 아주 작은 구멍이었다.

그러고는 내 두 손으로 내 입을 틀어막고도 짧게 흘러나온 외마디가, 남자 둘, 여자 한 명의 생사를 가르는 비명 속에 파묻혔다.

…… 나는 그곳에 없었어야 했다.

새

21

"끝이 아닌 것 같은데, 이상하네요? 녹색 폴더에서는 이 파일이 마지막이에요."

"그래? 복구가 안 된 곳에 들어있나? 으아, 아쉽네. 일단 회색 폴더 열어 보자."

삼촌이 낙심해 보인 것에 비해, 포기는 빨랐다.

절반만 남은 금발 머리의 백인 방에 요양보호사와 10대 남학생 2명, 여학생 1명, 학부모들이 보인다. 로봇의 엘시디를 연결한 빔 프로젝터^{beam projector, 영상확대기}가 준비되어 있다. 억지로 끌려 온 것 같은 남학생 한 명이 의자를 침대 옆으로 시끄럽게 질질 끌어다 놓자, 그 학생 어머니로 보이는 여성이 굵직한 저음으로 훈계한다.

"팔에 힘이 없는 것도 아닌데, 조용히 들어서 살살 옮겨놔야지. 그런 게 주위 사람에 대한 배려란다."

침대에 비스듬히 앉은 중년 남성이 푸른 눈동자로 까만 눈동자의 학생들을 바라보며 "아, 아—" 하니까, 다른 남학생 한 명이 시선을 뒤로 돌리면서 앵무새처럼 "아, 아—" 흉내 낸다. 그 학생 아버지가 아들을 향해 눈을 부릅뜨고 입술을 꽉 깨물면서 제지한다.

기도하듯 양손을 모으고 서 있던 요양보호사가 발뒤꿈치를 살짝 들었다 놓으며, 말을 시작한다.

"자리에 편히 앉으신 것 같으니까, 시작하겠습니다."

여학생이 마스크를 내려 턱에 걸치려 하자, 요양보호사가 놓치지 않고 지적한다.

"모두 답답하시더라도 이 안에서는 마스크를 반드시 써 주세요. 오늘 참관하시는 데 도움이 될 만한 설명을 해 드리도록 하겠습니다. 벌킨 님과의 소통은 이 로봇이 전달자 역할을 합니다. 질문하실 때는 다른 사람도 알 수 있도록, 손에 든 버튼을 누르신 후 말씀해 주세요. 여러 명이 한꺼번에 말씀하시면 어르신이 불편하실 거고 로봇도 힘들겠죠?"

의자 소리를 낸 학생이 퉁명스럽게 "로봇이 힘들대."라며 픽

웃자, 요양보호사가 흠칫한다.

이어 학생 어머니가 얼굴이 벌게져서는 따끔하게 쏘아붙인다.

"너, 오늘따라 왜 그러니? 지금 학교 공부보다 더 중요한 걸 배우는 시간이야. 점수만 잘 받아서 우등생 소리 들으면 뭐 해? 엄마 실망하게 하지 마라."

요양보호사가 난처한 표정과 어색한 웃음으로 분위기를 바꿔보려고 애쓴다.

"여기 오신 분들은 고등학교 2학년? 1학년이라고 하셨죠? 학교 대표로 오신 만큼, 어깨가 무거우실 것 같습니다. 돌아가시면 소감도 발표해야 할지 모르겠고요. 자, 그럼, 소감문 쓸 시간을 줄여드려야겠네요. 여러분은 의사소통 잘하고 계세요?"

요양보호사가 뜸을 들이며 앉아있는 사람들의 반응을 살핀다.

"메라비언의 법칙*에 따르면, 의사소통에서 상대의 인상을 결정짓는 데 있어서, '표정, 태도'와 같은 시각적 요소가 55%로 가장 높은 비율을 차지한다고 합니다. 다음으로 '음성, 음색' 등 청각적 요소가 38%, 마지막 7%는 '대화 내용'이라고 하네

* 1971년 캘리포니아대학교 심리학자인 앨버트 머레이비언^{Albert Mehrabian} 교수의 저서 《침묵의 메시지, Silent Messages》에서 주장한 내용. 출처 – 나무위키

요. 이런 의사소통 요소들에 대해 관찰하고 생각해 보는 시간을 갖고 가신다면, 학교나 사회에서의 대인관계와 가족 관계에도 도움이 될 것 같습니다."

반쪽짜리 머리의 중년 남성은 로봇이 실시간으로 통역하는 내용을 한쪽 귀로 들으면서 연신 "아, 아, 아, 아, 아—". 어느 때보다 길게 발성한다.

그때 요양보호사가 탄성을 지른다.

"아! 저기 손님이 왔네요. 벌킨 님이 부르셨을까요? 여러분, 오른쪽을 보시겠어요?"

창밖 빛살 아래 흔들리는 나뭇가지에 몸을 내맡긴 울새 한 마리가 지저귀며 방 안을 갸우뚱 들여다보고 있다. 학생들은 새를 봤다가 요양보호사를 흘깃 보고는 자기들끼리 수군댄다.

"네. 믿기 어려우시겠지만, 벌킨 님은 로봇을 매개로 새와 대화하실 수 있습니다."

22

"앞서 말씀드린 메라비언의 법칙에서 비율과 비중은 정확히 비례한다고 할 수는 없을 것 같습니다. 낮은 비율을 차지하더라도 말의 내용과 표현력에서 오해가 생기면, 전반적인 의사소통에서 부정적인 영향을 크게 미칠 수 있을 테니까요. 상호작용을 하는 만큼 언어적 요소와 비언어적 요소를 적절히 잘 사용해야 한다는 점을 기억해 주십시오. 이 시간, 벌킨 님과 새의 대화에서는 비언어적 의사소통을 경험하실 수 있겠고요, 나머지 언어적 의사소통은 로봇이 도와드립니다.”

요양보호사가 준비한 말을 다 끝냈는지 참관자들 뒤로 가서 빈 의자에 앉는다.

남학생 한 명이 손을 들고 질문한다.

“저 새는 참새죠?”

“참새목 솔딱샛과의 나그네새로 울새라고 합니다. 저도 찾아봤는데요, 동화 《비밀의 화원》에서 주인공 메리의 친구로 나온 꼬까울새와 같은 속에 있다고 하네요. 다음부터는 손드실 필요 없이, 손에 든 버튼만 눌러주세요. 그럼, 벽에 어느 분이 먼저 누르셨는지 보이거든요. 그다음에 말씀해 주시면 됩니다.”

또 다른 남학생이 버튼을 누르고 주위 사람 눈치를 보다가 질문한다.

“저희는 새와 대화할 수 없나요? 로봇이 전해준다고 했잖아요?”

“저희 의료진 여러 명이 시도해 봤지만, 아쉽게도 새가 벌킨 님과만 대화하는 게 확인됐습니다. 게다가 새가 오래 머물지 않는데, 여러분들은 때맞춰 오셔서 운이 좋으신 거예요."

"얼른 대화하는 걸 듣고 싶어요."

여학생이 양손으로 입에 확성기 모양을 만들어 바람을 내 불며 말한다.

창문이 한 뼘 열려있는 틈으로 울새의 지저귀는 소리가 들린다. 처음에는 '삐로롱', '츠로르', 악기를 조율하듯 목줄을 튕기더니, '뽀로르르르르', '쯔로르르르르', 자기의 음색에 도취하여 나뭇가지와 함께 몸까지 흔들어 댄다.

반쪽 금발 머리의 남성이 '아, 아, 아—.' 하며, 새와 번갈아서 노래한다. 사실, 남자는 우짖는 소리에 가깝다.

로봇은 두 생명체가 교류하는 비언어 음성을 해석해서 빔프로젝터로 벽면에 크게 띄운다.

'안녕, 벌크. 오늘은 친구들이 많이 왔네? 피곤하지 않아?'

'솔라, 어서 와. 친구는 아니고. 우리 대화를 들으러 왔어.'

학생들이 웅성거리기 시작하니까, 요양보호사가 말 대신 눈짓을 보낸다. 뒤돌아본 한 학생이 요양보호사의 시선과 마주친 후에야 얌전해진다.

'저 사람들이 우리 대화를 듣고 있다니까, 민망한걸?'

'신경 쓰지 마. 금방 갈 거야. 인간들은 인간 말고 다른 생명체에게는 언어가 없다고 생각하니까. 비록 로봇이 통역하고 있지만, 우리가 대화한다는 자체를 신기해하고 있어.'

'너희 인간들이 모르는가 본 데, 모든 생명체끼리는 서로 대화하고 살아. 그리고 우리 새들은 생명을 소중하게 여기지. 당연히 천적은 있어. 그런데 인간은 동족 존엄성에서도 차별하는 것 같아. 자기들끼리 싸우고 죽이고 그러는 거 보면…. 아, 미안. 네가 사람을 죽인 건 어쩔 수 없는 상황이었고. 널 두고 한 말은 아니니까 잊어 줘.'

"아니…, 지금 이게 무슨 말이에요? 로봇이 뭐 잘못 들은 거 아니에요?"

한 학생 어머니가 굳어진 얼굴을 하고 격앙된 어조로 따진다.

"이 말이 맞다면, 우리가 살인자를 보러 온 건가요?"

"그러게요."

다른 학부모들 사이에도 소요가 일어, 요양보호사가 나선다.

"착오가 있었습니다. 사실이 아닙니다. 하지만 그것과 별개로, 요양병원의 이미지를 실추시킬 만한 내용을 외부에 퍼뜨리신다면, 명예훼손으로 대응하겠다는 말씀드립니다. 오시자마자 서류에 서명하신 내용에 따라서요. 참관 시간은 1시간입니다.

시간이 다 됐습니다."

"시간이 남았어도 갑니다. 더 들을 것도 없어요. 살인자에게서 어떤 험한 얘기를 듣겠다고. 생각만 해도 떨리고 역겹네요. 공부하겠다는 애 억지로 데리고 왔는데, 시간만 낭비했잖아."

배려에 대해 훈육하던 학생 어머니가 벌떡 일어나면서 의자가 콰당 뒤로 쓰러진다. 그녀 아들이 자기가 앉던 의자를 들고 소리 내지 않고 원래 위치로 갖다 놓으려고 하자, 빽 소리를 지른다.

"넌 눈치가 그렇게 없어서 뭐에 쓰니? 그냥 둬!"

23

참관자들이 돌아간 후, 의료진이 모여 벌킨 문제에 대해 의논하고 있다.

"새와 대화하는 걸 중계하는 것에만 신경 쓰다 보니, 이런 일이 벌어진 것 같습니다."

"고작 1시간인데 설마 여러 말 하겠나? 하고, 별일 아닌 걸로 생각했던 것이 화근이 됐습니다."

"지난 대화를 틀어 봅시다. 혹시 모를 사태에 대한 대책을 마련해 둬야 하니까."

"아, 아—."

창밖에서 울새 한 마리가 사뭇 다른 모습의 인간을 관찰하고 있다.

로봇이 움직임을 붙잡아 감정을 읽어 들인다.

'인간은 머리 절반이 없어도 살 수 있구나.'

로봇이 그 말을 통역하여 남자의 한쪽 이어폰으로 전달한다.

'저 새가 지금 날 보고 한 생각이야?'

남자는 푸른 눈을 껌뻑이며 놀라운 기색을 보인다.

로봇이 남자의 생각을 새가 이해할 수 있는 음파로 바꾸어 전달한다. 두 생명체는 탐색 단계를 허물고 통성명을 한 후 본격적인 대화로 돌입한다. 새가 몸을 한 번 부르르 털고 묻는다.

'벌크, 내가 본 인간들 중 네가 좀 다르게 보여서 말인데, 태어날 때부터 그랬던 거야? 아니면, 네게 무슨 일이 있었던 거야? 잔인한 질문이라면 미안. 나쁜 의도는 없어. 말하기 싫다면 안 해도 돼.'

'사고였어. 차 사고.'

'그랬구나. 사고가 크게 났나 본데, 다행이다. 살아서.'

'아니, 죽으려고 뛰어들었던 건데, 죽지 못해 안타깝지.'

'그런 말 하면 안 돼. 살아난 게 운명이라면, 거기엔 이유가

있을 테니까. 그런데, 왜 너 자신을 사랑하지 않는 거지?'

'나 때문에…, 사랑하는 엄마가 돌아가셨으니까, 난 살았어도 산 게 아니었어. 난 죽어 마땅해.'

남자는 과거를 회상하기 시작하고, 동시에 로봇은 그 내용을 오케스트라의 지휘자처럼 인간에게 들려줄 기록 언어로, 새가 이해할 수 있는 음파로, 영상으로 채색한다.

24

"엄마, 난 커서 엄마랑 결혼할 거야."

3살의 금발 머리 푸른 눈동자 꼬마가 방긋 웃으며 선 자리에서 폴짝 뛰었다.

"우리 아기, 엄마가 그렇게 좋아? 그런데 어쩌지? 엄마는 아빠와 이미 결혼했어. 얼른 벌키가 커서 사랑하는 사람과 결혼하는 모습을 보고 싶구나."

그렇게 말하던 엄마가 눈물을 흘리는 걸 보고 꼬마가 물었다.

"엄마, 왜 울어?"

"위험하니까 넌 가까이 오지 말고 거기 있어. 엄마가 지금 양파를 썰고 있잖아? 엄마가 양파를 아프게 하니까, 양파도 엄마를 울리는 거야."

엄마는 아침에 일어나면 늘 긴 금발 머리를 빗고 단아하게 틀어 올렸다. 나는 TV 쇼에서 머리를 틀어 올린 귀족 부인을 보거나 예쁜 여자가 등장하면 "엄마다!" 하곤 했다. 엄마는 귀족 혈통이나 부유한 가문 사람은 아니었지만, 정신적 귀족임은 틀림없었다. 가난한 집에서 태어나서 교육을 많이 받지는 못했어도 독서를 좋아했고 종종 시를 썼다.

아빠는 회사까지 경비행기를 타고 다녔고, 돈으로 사람을 살 수 있는 사람이었다. 내가 숫자를 100까지만 셀 수 있었을 때, 그 숫자보다 훨씬 더 많은 직원을 고용했다고 들었다.

하루는 집에 들어서는데 음탕한 여우와 늑대의 신음이 넓은 거실을 가득 메우고 소파에서 알몸으로 여자와 만유인력 실험을 하는 아빠를 목격하고는 큰 충격을 받았다. 5살? 6살 때 일이었던 것 같다. 엄마와 손잡고 산책 다녀오는 길이었다. 그들은 대낮인데도 잔뜩 취해 있었고 아무렇지도 않게 웃으며 엄마와 내게 인사했다. 엄마는 경직된 얼굴로 뒤늦게 내 눈을 가리며 내 손을 힘주어 잡고는 자리를 피해줬다. 나는 그 순간 엄마가 느꼈을 심경에 대해 깊이 헤아리지 못했다.

엄마와 아빠는 다투는 일이 없었다. 엄마는 많은 것을 보고도 못 본 척했고, 많은 것을 들어도 못 들은 척했다. 아빠는 깍듯하게 예의는 갖췄지만, 타인의 감정은 무시하면서 내키는 대로 말했고, 사람을 부리는 걸 즐겼다. 차, 양복, 시계 모두 명품 아니면 가까이하지 않았다. 여자건 남자건 예쁘고 잘생긴 외모를 따졌다. 아빠가 공원에서 꽃 내음을 맡고 있던 엄마를 보고, 다른 조건 묻지도 따지지도 않고, 단순히 꽃보다 아름다워 보여 청혼했다고 할 정도였다. 하지만 자기보다 지적이거나 인간성이 명품인 것 같은 상대는 조롱하고 깎아내리려 했다.

아빠는 엄마를 사랑하면서도 증오했던 것 같다. 언젠가 아빠와 엄마 방문이 열린 틈새로, 잠자리를 거부한 엄마의 긴 머리채를 잡아채서 자기 무릎 밑에 꿇린 것을 본 적이 있었다. 그러면서도 엄마에게 환심 사려고 대형 꽃바구니, 명품 의류, 보석 등을 선물하는 것을 봤다.

엄마는 아빠의 지성과 감성이 충돌하는 모난 성격이 애정 결핍에서 비롯된 것이라고 했다. 그러면서 어린 내게는 아낌없는 사랑 표현으로 내 심장에 온기를 불어넣어 주었다. 엄마는 내가 처음 학교에 입학하던 날, 편지로 적은 내용과 같은, 이런 말도 들려줬다.

"벌키, 명심하고 잘 들어. 사람마다 걸어가는 삶의 길은 달라도, 각자의 길마다 공평하게 '지혜의 방'이 있어. 거기에는 보물이 들어있어서 잠겨 있거든? 넌 그 지혜의 방 열쇠를 찾아내야 해. 성숙해지는 비법이 가득 든 방이지. 평생 그 방의 열쇠를 찾지 못하고 죽는 사람도 있단다. 엄마가 대신 찾아줄 수 없어. 그 방은 지식이 든 방과는 달라. 지식의 방에 들어가고도 지혜의 방을 열지 못하면, 미성숙한 채로 사는 거야. 다른 사람이 너를 돌봐줬으면 좋겠다, 누군가 내 일을 대신 해줬으면 좋겠다, 끊임없이 타인에게 인정받고 싶다는 마음은 미성숙한 것들이야. 미성숙도 악이야. 잠재적인 악. 또한 악을 이성으로 걸러내지 못하는 것도 미성숙이야. 알겠니? 지금은 이해하지 못할 수 있어. 이 편지를 잘 가지고 있다가 언젠가 다시 읽어보렴. 엄마는 벌키가 지혜의 방 열쇠를 찾아서 성숙해지고 어떤 난관도 잘 극복해 가길 바란다."

25

엄마는 힘 있으면서도 우아한 속도로 경쾌하게 떨어지는 폭포처럼 행동했다. 아빠는 뜸 들이다가 미친 듯 폭발적으로 솟아오르는 로켓 같았다. 나는 두 분에게 접점이 생기지 못한 데에는 이런 차이가 있다고 생각했다.

엄마는 정원사나 집안일 도와주시는 분들에게도 예의 바르게 인사하고 친절하게 대했다. 벽에 페인트칠하는 분에게도 힘드시겠다며 생과일 음료를 직접 만들어서 가져다주기도 했다. 아빠가 코를 높이 들고 쳐다보지 않고 지나치는 사람들에게 말이다. 엄마의 철학은 **'세상의 그림자를 보듬어야 더욱 밝은 세상이 된다.'**라는 것이었다. 충분히 그럴만한데도, 아빠는 주변 사람들이 아빠보다 엄마에게 존경의 시선을 보내는 것이 탐탁지 않아 질투심이 이글거리는 눈으로 바라보곤 했다. 다른 사람은 몰라도, 난 그것을 알아차렸다. 엄마가 말해줬던 것이 기억났다. 아빠는 지혜의 방 열쇠를 아직 찾지 못한 것 같았다.

아빠가 엄마를 경계하는 정도가 날이 갈수록 심해졌다. 비교의 심리가 집착으로 이어지면서 저변의 탁한 오염물이 부유하기에 이르렀다. 아빠는 노골적으로 엄마를 괴롭혔다. 엄마 몰래 정원사를 해고하고 엄마가 그 일을 하도록 만들거나 가사 도우미들을 아빠가 면접 본 사람으로 일방적으로 교체했다. 더욱 가관인 일은, 모델처럼 키 크고 가슴이 큰, 육감적인 체형의 가사 도우미들을 채용했는데, 실지 나이는 모르지만, 미성년으로 보이는 앳된 여자애들도 섞여 있었다. 그들 모두에게 집에서 전신 나체에 하이힐을 신고 앞치마만 두르고 일하는 조건으로 거액 연봉을 제시했다. 그 일이라는 것도 술과 간식을 준비해서 아빠

서재에 교대로 드나드는 일이었고, 나머지 집안일은 모두 엄마의 몫으로 정했다.

나는 엄마에게 왜 아빠와 이혼하지 않는지 물었다. 엄마가 이혼하면 나는 엄마를 따라나설 거라고 결심하면서. 엄마의 답변은 예상 밖이었다.

"네 아빠가 불쌍해서."

아빠는 거절당하는 것을 못 견뎌 할 거라고 했다. 아빠의 광기가 아빠의 목숨을 앗아갈지도 모른다고 했다. 나는 말을 하지 않았지만, 그런 일이 일어났으면 좋겠다고 생각했다. 내 생각이 미성숙하고 엄마가 항상 현명한 줄 알았기에, 엄마의 의지를 꺾지 않았다. 하지만 그건 내 인생 최대 실수였다는 걸, 너무 늦게 깨달았다.

26

아빠는 나를 강한 남자로 만들려 했다. 인문 서적을 읽고 있으면 책을 빼앗아 집어 던졌다. 대신 사격 연습을 시켰고, 사냥하러 갈 때도 데려갔다. 동물이 피를 흘리는 모습을 바라보고 있는 아빠의 회색 눈동자에 벌건 점이 비쳤고, 동물이 죽어갈 때 차마 눈 뜨고 보기 힘들어서 고개를 돌리거나 눈을 감으면,

뺨을 맞았다. 부어오른 뺨을 만지며 시무룩하게 있는 나를 달랜다고 했던 말이, 내가 대학 들어가면 소지하고 다닐 수 있는 권총을 선물로 사주겠다는 것이었다. 스포츠카도 사줄 테니 장식품으로 보기 좋은 여자애들 골라서 태우라고 조언도 했다.

아빠가 날 데리고 다니는 시간이 늘어나는 만큼 엄마와 함께할 시간은 줄어들었다. 아빠는 엄마를 철저히 고립시킬 작정이었던 것 같았다. 아빠는 엄마를 몰라도 너무 몰랐다. 엄마는 지혜의 방 열쇠를 들고 수시로 방에 채워진 비법들을 꺼내어 자기 극복을 할 수 있는 사람이었다.

엄마는 때에 따라 빠르고도 느린 화살 같은 예리한 말로 내게 심리적인 자양분을 공급해 줬다.

"물질주의는 인간을 감염시키고 세상을 오염시킨단다."

"법망을 피해서 범죄를 있는 대로 저지르고도 부, 명예, 천수를 누리고 죽은 사람들이 있다고 해서, 그걸 보고 '그렇게 살아도 되겠구나.' 생각해선 절대 안 돼. 그런 사람들은 살아서 죗값을 치르지 않았기 때문에, 죽은 후 대대로 오명을 쓴 채 손가락질당하는 벌을 받는 것은 물론이고, 생전에 과도한 탐욕을 제어하지 못한 영원한 패배자니까. 어쩌면 우리가 모르는 벌을 받고 죽었을지도 몰라. **신께선 죄를 지은 인간에게, 인간이 상상할**

수도 없는 창의적인 방법으로 가혹한 벌을 주시거든.*"

　"토끼와 거북이 유형 중, 사회에서는 거북이처럼 느리더라도 튀지 않고 인내하는 사람을 더 선호하는 경향이 있어. 하지만 그런 비교 자체가 불평등을 초래하지 않는지 생각해 봐야 해. 토끼는 빨리 멀리 달려가다가 지칠 때가 있으니 어느 지점에서 쉬고 있을 거야. 힘껏 달렸으니까, 여정을 즐기진 못했겠지? 자기 선택대로 한껏 달린 것에 대해 만족하면 됐고. 거북이는 쉬엄쉬엄 가다가 토끼가 쉬고 있는 곳에 도달할 때가 올 거야. 천천히 가는 길에 예쁜 꽃, 나비들과 인사도 하면서 여유 부렸으니, 먼저 도착해서 쉬고 있는 토끼를 부러워할 필요가 없어. 각자의 선택, 기질대로 능력 발휘할 수 있도록 방해하지 말고, 다양성을 공평한 시각으로 인정해 주는 게 평등한 사회야. 그런데 편협한 성과주의가 소모적인 경쟁을 부추기고 있어. 비교하고 경쟁하려는 마음이 커지면 코앞만 보고 시기심을 가지고 토끼를 발 걸어 넘어뜨리는 나쁜 짓을 저지르지 않겠어? 토끼가 아무리 빨리 달려간다고 해도 어차피 결과는 비슷해질 테니, 당장 거북이처럼 느리더라도 조바심내지 말고 침착함과 차분함을 유

....

* 필자가 몸소 체험한 내용에 근거하여 강조하고 있다.

지하는 게 중요해. 또 1등으로 깃발 꽂겠다고, 거북이의 깃발을 훔쳐 달아나는 토끼가 돼선 안 되는 거야."

아빠는 내가 집에서도 사격 훈련을 해 봐야 감을 잃지 않는다며 물총을 사주고는 연습시켰다. 안대를 쓰게 하고 몇 발치 앞에 있는 아빠를 명중시켜 보라고 했을 때, 나는 성숙한 엄마가 저런 유치한 아빠를 만난 것만큼, 더 이상의 완벽한 부조화가 없다고 생각했다.

물총 연습은 계속됐다. 물줄기가 비껴갈 때는 미친 사람처럼 격분했다. 그게 그렇게 흥분할 일인가. 자기의 덜떨어진 모습을 엄마에게 들키고 싶지는 않았던 모양인지, 항상 엄마가 집에 없을 때 귀찮게 했는데, 엄마에게 고자질이라도 할까 봐, 먼저 입단속을 시켰다. 4개월이 지나고, 조준 거리 명중 실력이 100%가 됐을 때, 아빠에게서 내 생애 첫 칭찬을 들었다.

바로 그날이었다. 이제 엄마에게 공개해도 되겠다며, 내게 안대를 씌우고는, 아빠가 신호를 보내면 하던 대로 물총을 쏘라고 했다. 그동안 아빠에게서 핀잔 들으며 눈물 땀 흘려 쌓은 내 실력을 엄마에게 뽐낼 기회가 생겨 가슴이 벅차올랐다.

아빠가 망을 보다가 엄마가 몇 발치에 서 있는 걸 확인했는지, 내 귀에 대고 '입 다물고, 마음속으로 하나, 둘, 셋, 세고 쏴'

라고 속삭이고는, 안대를 쓰고 있던 나를 문 쪽으로 슬며시 밀었다.

연습할 때마다 아빠가 서 있던 자리에 물체가 어른거리고 있는 느낌이 들었다. 이번에는 엄마일 것이라는 확신과 함께, 하나, 둘, 셋 마음속으로 신나게 세고, "엄마!"라고 외치며 쐈다. 그 순간, 고막을 찢을 듯한 펑— 하는 폭발음과 타는 냄새, 외마디 비명, 쿵— 하고 쓰러지는 소리가 한꺼번에 몰아쳤다. 뭔가 잘못됐다는 느낌이 들었을 때, 내 귓속을 간지럽히는 아빠의 나지막한 두 번째 칭찬의 말이 들려왔다.

"잘했어. 헐크."

"엄…마?"

엄마는 아무 말도 하지 않았다. 나는 안대를 풀 수 없었다. 두려웠다. 즉시 다리가 풀려 주저앉았다. 눈물, 콧물이 뚝뚝 떨어져 바지가 축축해졌고, 양손으로 내 머리를 치며 "엄마—! 아! 아! 아! 아! 아! 아!" 소리만 목이 터지라고 반복해 댔다.

목소리가 잠겨 내가 어떤 소리도 낼 수 없게 되자, 아빠는 태연히 구급차를 불렀다. 경찰이 함께 와서 현장 수습을 하고 있을 때, 아빠가 갑자기 울음을 터뜨리며 말했다.

"아내가 샤워하고…, 드라이어를 콘센트에 꽂으려 했나 본데,

머리 물기를 잘 말리지 않고 나왔었나 봅니다. 너무 순식간에
벌어진 일이라….”

아빠는 거짓말을, 연기를 하고 있었다. 그리고 한참 나중에야
물총이 보이지 않음을 알게 됐다. 아빠가 내 손에서 떨어진 물
총을 치워버린 것이다.

27

엄마는 ‘미성숙도 악이야. 잠재적인 악’이라고 말했었다.

43살, 16살의 부자가 악마의 방에서 살인을 모의했다는 걸,
그 누가 알겠는가. 나의 미성숙이 사랑하는 엄마를 죽였다.

삼촌이 일시 정지 버튼을 누르고는 탄식했다.

“아, 답답해. 엄마가 왜 죽어야 하는 거야? 정의가 죽다니…,
너무 불공평한 거 아니냐?”

“저런 식으로 은폐되는 비리가 없어야 하는데, 저도 애석하
네요. 길고 짧고를 떠나서 인간의 삶은 모두에게 유한하니까,
그것만으로 볼 때는 공평한…거겠죠? 짧게 살아도 올바른 시
각으로 가치 있는 삶을 산 사람이 그만큼 잘 살았고, 귀한 사람
이라고 생각해요.”

엄마의 말이 맞았다. 미성숙이 얼마나 악해질 수 있는지⋯⋯. 세상 이치, 사람 심리를 꿰뚫어 본 엄마는 악마의 손에 온몸이 타들어 가는 고통을 느끼며 희생됐다.

나는 바로 죽고 싶었다. 하지만 그렇게 되면 엄마의 죽음이 너무 허망하지 않나. 엄마는 하늘에서 나를 지켜보고 있고, 내가 지혜의 방 열쇠를 찾아서 성숙해지길 바랄 것으로 생각했다.

난 냉정해졌고, 더 이상 울지 않았다. 내 몸 절반을 차지하는 아빠의 피가 지탱하게 도왔다. 잘 먹고 운동도 열심히 했다. 꾹꾹 누른 감정을 사격으로 풀었다. 아빠는 진심으로 날 자랑스러워했다.

"그래! 사내라면 책 볼 시간에 운동하고 총도 쏘고 그래야 하는 거다."

아빠의 광기도 주춤했다. 변태 행각을 일삼던 대상들, 가사 도우미들을 내보내고 정상적인 도우미들을 재고용했다. 엄마의 흔적도 점차 사라졌다.

엄마가 떠나고 6개월 지났을 때, 아빠 애인이 집에 왔다. 대여섯 번 드나들고 나자, 짐을 챙겨 들어와 동거하기 시작했다. 그 여자는 아빠가 소품처럼 갈아치우던 긴 머리 여자들과는 다르게 갈색 단발머리였다. 키는 작은 편에 속했고, 허리는 잘록

하고 가슴과 엉덩이는 바람을 잔뜩 넣은 듯 불룩해서, 걸을 때마다 엉덩이가 좌우로 흔들거렸다. 그녀의 갈색 눈동자는 먼 곳을 응시하거나 사람 시선을 피했고 휑했다. 아빠는 자기보다 똑똑한 여자를 경멸했기 때문에, 아무 생각도 갖지 않은 여자를 고른 것 같았다.

아빠가 그 여자를 만나서 평온해진 듯했지만, 그것도 한때였다. 두세 달 지나지 않아 여성 편력이라는 병이 도졌다. 그 여자가 집에 있는데 긴 금발 머리의 바비인형 같은 새 애인을 데리고 와서 거실 소파에서 보라는 듯이 나체로 엉겨 붙었다. 갈색 머리 여자가 다섯 살 아이처럼 훌쩍거리다가 큰 가슴을 가리면서 구부정한 자세로 짐 싸 들고 나가자, 금발 머리 여자는 승리감이 묻어나는 미소를 지으며 옷도 안 걸치고 담배를 흠뻑 빨아 마셨다.

내 방은 2층에 있었는데 복도에 포복 자세로 있으면 1층 거실에서 일어나는 모든 일을 훤히 볼 수 있는 최적의 위치였다.

아빠는 거구였다. 골격뿐만 아니라 내장도 튼튼했는지 얼음 없이 브랜디를 한 병 다 마시고도 취하는 기색이 없었다. 나는 아빠의 골격을 물려받았다. 죄책감으로 자학할 때, 내 머리를 수없이 강타해도 내 뇌를 감싸고 있는 뼈가 강해서 머리는 온전

했고 손만 아파졌다.

엄마의 온기가 죽고 난 1년 후부터, 확실히 냉기를 품은 평화가 집 안 구석구석을 감돌았다. 아빠와 나는 얼굴을 맞대고 대화할 필요가 없었다. 아빠가 사업상 출장, 애인과 여행 다니느라 집에 들어온 적이 없었기 때문이다. 돈으로 의무감을 대신하려 했다. 친구들을 데리고 와서 밤새 파티를 열고 술 마시고 약을 해도 방해하는 사람이 없었다. 대학 들어가면 사주겠다던 스포츠카를 운전면허도 없는 18살 나이에 사줬다. 검은색 페라리로. 그 차를 몰고 다니니까 애쓰지 않아도 여자들은 자석처럼 조수석에 달라붙었다. 차를 선물하고 몇 달 있다가 오스트리아산 권총 글록^{Glock}도 보내왔다. 나는 넓은 집에서 실탄까지 장전해 놓은 총을 들고 소파 위를 뛰어다니고, 계단을 오르내렸다. 거울을 보고 영화에서 봤던 저격수의 자세를 따라 하면서 '탕—탕—' 입으로 총소리를 내기도 했다. 나는 갈수록 냉기와 함께 사고가 굳어졌고, 지혜의 방을 찾으러 떠난 길에서 방향을 잃고 있었다.

28

친구들과 파티하고 정신을 잃고 나면 다음 날 몸을 가누기가 힘들어서 학교를 빠지기 일쑤였다. 학교에서 아빠 회사 비서에게 전화하고 나서야, 아빠에게서 전화가 왔다.

"대학교는 들어갈 수 있게 해라. 앞으로 학교에서 전화 오지 않도록 하고."

이 말이 전부였다.

아빠의 돈으로 내 주위에는 사람이 들끓었다. 사람의 정상 체온이 평균 36.5℃라고 알고 있었지만, 그들의 체온이 내게 전해지지 않았다. 나의 마음은 언제나 빙점에 머물렀다.

휑뎅그렁한 거실 소파에서 혼자 집을 지키던 밤, 아빠에게서 봤던 익숙한 모습으로 브랜디를 잔에 따라 흔들며 목을 축이고 있었다. 목구멍만큼은 뜨거워졌다. 벽과 전등불이 빙글빙글 돌고 내 머리의 중력이 이리저리 가볍게 흔들리고 있으면서도, 내 눈은, 내 정신은 엄마의 온기가 느껴지는 흔적을 찾아다니고 있었다. 아빠가 모든 걸 바꿔 놓았다. 엄마가 취미로 직접 만들어서 벽에 걸었던 장식 접시들, 엄마와 숨바꼭질할 때 내 작은 체구를 숨겼던 커튼, 사진…, 또 뭐가 있었나 생각해 보고 찾으려 해도 어디에 잘도 숨었는지, 나타나지 않았다. 그러다가……, 생각났다!

나는 급히 일어서면서 현기증이 났다. 제자리에 앉아 앞이 또

렷이 보이자 숨을 크게 마신 뒤 일어섰다. 2층으로 올라가서 내 방에 있을 그것을 찾기 시작했다. 소중한 건 어딘가 깊숙이 넣어 두어 찾으려고 하면 쉽게 모습을 드러내지 않는 법이다. 애가 탔다. 설마 그것까지 버려졌을까? 조마조마한 심정으로 방을 온통 뒤집어 놨는데도 찾을 수 없었다.

지쳐갈 때쯤 바닥에 털썩 앉아 흐느끼기 시작했다. 엄마를 바보처럼 떠나보내고도, 엄마의 음성이 들릴 마지막 흔적조차 지키지 못했다니⋯. 난 또 내 머리를 강타하면서, "아! 아! 아! 아!" 울부짖었다. 고장 난 줄 알았던 기계를 한 번 쳤더니 정상 가동된 경험이 있지 않나?

정신을 차린 나는 침대 밑으로 손을 넣었다. 빼꼼히 들여다봤을 때는 보이지 않는 곳에 붙여놨었는데, 더듬다 보니 만져졌다. 아빠가 사냥할 때의 눈으로 엄마의 족적을 절멸하려 했을 때, 여기만큼은 안전하리라 영감을 받아서 숨겨놨던 기억이 난 것이다. 나는 조심조심 찢어지지 않게 붙여놨던 것을 떼어냈다.

엄마가 한 자 한 자 정성스럽게 써준 편지⋯. 난 그것을 가슴에 끌어안고, 혹시라도 시샘할 영혼들에게 방해받지 않으려고 소리 없이 눈물을 삼켰다.

'엄마⋯⋯. 미안해요.'

29

나는 엄마의 편지를 몇 번이고 읽고 외웠다. 그리고 역시 침대 밑, 보이지 않는 곳에 붙여놓았다. 엄마의 가르침을 따라 지혜의 방 열쇠를 찾기 위해, 지난 3년간의 방탕한 생활을 뒤로하고, 아빠가 없는 틈을 타서 인문학책을 많이 읽기 시작했다. 아빠가 돌아왔을 때 사격 솜씨가 녹슬어 있으면 안 됐기에, 그 훈련도 게을리하지 않았다.

아빠는 내가 대학교 입학하고 나자, 집에 돌아왔다. 아빠의 새로운 소품과 함께.

이번에는 소품이 붙박이 장식으로 자처하려 했다. 여자는 아빠의 재산을 자기 몫으로 돌리려고 아빠의 말이라면 죽는시늉도 할 태세였다. 아빠가 재혼을 준비하게 할 정도로 그녀의 기술이 뛰어났다. 1주일 뒤면 합법적으로 붙박이 장식이 될 그녀가, 아빠가 없을 때, 내게 이런 말을 했다.

"헐크? 아, 벌킨. 애칭이 벌키, 벌크지? 네 아빠가 헐크라고 말한 적이 있어서, 착각했다. 네 엄마가 그렇게 돌아가신 건 참 안 됐는데…, 한편으로는 네게 닥친 시련에 고맙지 않니? 널 강하게 만들었으니까."

하마터면 그녀 면상을 두들겨 줄 뻔했다. 콧구멍이 벌렁대는 동안, 주먹 속에 가려진 내 손톱이 손바닥을 파고들었다.

"저렇게밖에 말 못 할까?"

삼촌이 분개하며 나를 바라봤다.

"무심코 한다고 하는 말이 상대에게 더 큰 상처를 줄 때가 있는 것 같아요. 우리도 과정은 생략하고 결과만 따지는 상황에서 흔히 저런 실수를 저지를 때 있잖아요? 운명이라고 받아들이고 인고의 세월을 보내면서 자기 극복으로 단단해진 것인데, 상대의 인내심은 무시하고 외부 요인들의 존재 가치에만 무게를 두고 말한다니, 그건 아니라고 봐요."

"그럼, 너라면 뭐라고 말해줄래?"

"음…, '잘 견뎌냈어. 대단해. 견뎌온 세월 간 누리지 못한 것이 있다면 기어코 보상받길 바라.' 정도로, 위로와 응원의 말을 함께 해주는 게 좋지 않을까 싶어요."

그녀가 아빠보다 한 수 위였다. 겉으로는 아빠에게 지는 척했지만, 돌아가는 상황은 아빠를 거인의 손바닥 위에 올려놓은 작은 모형처럼 만들었다.

아빠는 결혼하고 나면 그녀의 제안대로 날 집에서 내보낼 계획을 세우고 있었다. 이건 엿들으려 해서 들은 것이 아니라, 들려왔다. 그녀의 목소리는 나긋했다가도 사자의 포효처럼 달라질 때가 있었다. 사자의 쩍 벌리는 대가리는 아빠를 집어삼킬 위력을 보였고, 아빠가 여자에게 휘둘릴 수 있다는 건 상상도 못 한 일이었다.

그들의 결혼식이 3일 앞으로 다가왔을 때, 아빠가 나와 단둘이 얘기하려고 내 방으로 왔다.

아빠가 내 방에 들어온 적이 없었기 때문에, 무슨 말을 하려고 온 건지 짐작했다.

'집을 나가라고 하는 거겠지.'

하지만 아빠의 표현력은 사자의 대가리에서 튀어나온 그것과 달랐고 아빠답지 않았다. 아빠답게 그냥 나가 살라고 했으면 그러려고 했다. 그런데 내게 무언가 떠올리는 말을 했다.

"이제 대학 들어갔고, 너도 독립할 나이가 됐어. 네 계획을 들어보자."

'계획? ……'

그 말을 들으니 잊고 있었던 계획이 떠올랐다.

"잠깐만요."

아빠와 등지고 서랍에 넣어둔 걸 꺼내 들고, 되돌아서면서 쏴

질렀다.

"탕— 탕—."

말 박자에 맞춰 날아간 총 두 발이 사자 놀잇감의 심장과 머리를 관통했다. 단말마의 신음과 함께, 머리에서 시뻘건 화염을 로켓처럼 분출하며 하늘로 솟아야 할 모형은 땅으로 쿵 쓰러졌다.

"돌려받아 마땅하죠. 한 발은 엄마를 죽게 한 죄, 한 발은 나를 이용한 죄로."

아래층에서 발작적인 고성이 울려 퍼졌다.

나는 계단을 유유히 내려가서 목표물에 총을 겨누고 내뱉었다.

"살고 싶으면 당장 꺼져! 이 집 안주인은 내 엄마밖에 없어. 다신 이 집 근처에 그림자도 얼씬거리지 마. 그날이 네가 송장 되는 날일 테니까."

암사자는 꼬리를 내리고 줄행랑을 쳤다.

이제 모든 걸 갈무리할 시간이 왔다. 아빠가 죽었으니, 재산은 내 소유가 됐지만, 내 관심 밖의 것이었다. 그리고 엄마를 위한 복수가 끝났어도 엄마에 대한 내 죗값을 치르기 위해 할 일이 남았다.

종이를 찾아 적기 시작했다. 아빠의 재산은 집이 없어 거리를 헤매는 가난한 사람들을 위해 주거 공간을 마련하는 일에 써달라고 했다. 엄마였다면 어떻게 했을지 생각해 보니, 자연 그렇게 쓰게 됐다. 그 과정에서 누군가가 재산을 착복하는 일이 없도록 관리해달라는 당부의 말도 덧붙였다. 유언 집행자는 아빠 변호사로 하고, 유서의 유효성을 위해 내 인적 사항과 날짜, 서명까지 빠짐없이 썼다. 약하던 친구가 알려준 유용한 정보였다.

나는 엄마의 기대대로 살지 못했다. '지혜의 방 열쇠를 찾지 못하고 죽는구나.' 생각하니 종이에 쓴 글자가 얼룩져 버렸다. 옷소매로 얼굴을 한 번 쓱 훑어내고 새 종이에 다시 적었다.

엄마가 죽고 아빠가 집을 비운 동안, 나는 불면증에 시달렸다. 약에 취하거나 술을 마시기 싫은 날이면, 눈을 말똥말똥 뜨고 죽는 모습에 대해 구상해 보기도 했다. 그중 하나의 방법을 선택했다.

교차로 위에서 새처럼 팔을 벌려 날아올라 하강하는 모습을…

초콜릿

30

"초콜릿 드시던 분이…, 여기, 빨간색 폴더에 있었지."

"삼촌, 빨간색 폴더와 초콜릿에서 뭐 연상되는 거 없으세요?"

"색이 비슷한가? 하하, 모르겠는데?"

"'피의 초콜릿'이란 말이 있대요. 초콜릿 주재료인 카카오가 아프리카 내전에서 반군들의 무기 구매 등 전쟁 자금으로 사용되기 때문에요."

방 밖은 어스름해져 있고, 요양보호사 두 명이 노인 옆에 서 있다.

저녁 식사를 마친 노인은 45도 각도로 세워진 침상에 기대어 쉬고 있다.

한 요양보호사가 아프리카 목각 인형처럼 무표정한 노인에게 헤드셋을 씌워주며 관심 어린 말을 건넨다.

"어르신, 아침에 목욕하셔서 그런지, 피부가 반짝반짝 윤나서 더 고우세요. 머리카락은 어쩜 잡티 한 올 없는 새하얀 목화솜 같을까요?"

로봇이 통역한 내용을 헤드셋으로 전송하고 있다. 이후 심리 치료 요법으로 쓰이는 잔잔한 음악으로 전환된다.

이 시간만큼은 주변인 대화가 노인에게 전해지지 않음을 알고 있는 요양보호사들이 방을 청소하면서 대화하기 시작한다.

"이 어르신은 서아프리카에서 오셨다고 했죠? 그런데 프랑스어로 통역할 때도 있더라고요. 2개 언어를 쓰시나 봐요."

"프랑스 식민지로 있었던 곳이라서 그렇대. 거긴 학교 교육이 무료라도 못 다니는 사람이 많다던데…, 어르신은 살아오시면서 좋은 환경에서 생활하실 기회가 있었으니까 배우셨겠지?"

"교육이 무료라면서 왜 못 다녀요?"

"어른, 아이 할 것 없이 온 집안 식구들이 생계유지를 위해서 카카오 농사를 해야 한다잖아. 6살 된 아이도…. 그러니 말 다 했지."

"아, 그 농사 하셨나? 그래서 초콜릿을 입에 달고 사시나 봐요?"

"나도 처음엔 그런 줄 알았어. 그런데 카카오 농사하고 초콜릿은 전혀 다른 세계더라고. 적절한 이윤도 보장받지 못하면서, 카카오콩을 힘들게 재배한 사람은 정작 초콜릿이 어떤 맛인지도 모른대. 푼돈이라도, 돈 주고 시키는 일이라고 당연하게 생각하는 거야. 야속하지."

"노동자 대우 차원에서 시식하라고 선물로 좀 나눠주면 좋을 텐데."

"그러게. 공짜 선물이라고 소비기한 지난 거 주거나 전달하는 사람이 성의 없이 던져준다면, 안 주는 게 낫겠지만."

"사람 몸이 하나니까 혼자서 모든 일을 다 할 수 없는 게 당연한데, 자기가 집중할 일 때문에 동시에 하지 못하는 일, 자기가 하기 싫은 일을 누군가 대신해 주면, 고마운 줄 알아야 하는 거 아니에요? 어머, 그런데 지금 이 말, 제가 한 거 맞아요? 가끔 제가 저 아닌 것 같을 때가 있어요. 호호."

"말 잘했어, 에효~. 그렇게 생각하는 사람이 흔한가? 인간이 본능에 매달려 살면 참 이기적으로 되기 쉽지. 돈 받는 처지에서는 비교하기 시작하면 사람 욕심이 하늘을 뚫고 올라가니까 현실에 만족하고 사는 건데, 그걸 당연하게 생각하고 몸종처럼 부리려고 하거나 많이 벌고 있으면서도 불만 많고 돈 주는 사람도 아니면서 자기보다 급여 수준이나 사회적 지위가 못하면 무시하는 사람도 있고…. 우리 일도 겪어봐서 알잖아. 어느 위치든지 손 까딱하기 싫어하는 사람, 자기 단속 못 하는 사람, 비열하고 잔인한 사람이 주변 사람 힘들게 하는 것 같아."

"언니, 그 말 하니까 생각났어요. 며칠 전에 마트 갔을 때, 저보다 출입문에 먼저 도착한 젊은 여자가 옆으로 살짝 비켜서서 기다리다가, 제가 문을 미니까 그제야 뒤따라 들어오더니 재빨리 절 앞질러 가는 거 있죠. 나중에 생각해 보니 출입문 열기 싫어서 그랬던 거예요. 전 제 앞에서 문을 여는 사람이 있으면 저도 그 문을 함께 밀거나 당겨주는데, 그 여잔…, 쯧쯧. 날씬한 몸에 활성산소 만들지 않고 오래오래 젊게 살고 싶은가 봐요. 남의 노동력 훔치는 머리를, 좋다고 할 수 있을까요?"

정돈을 마친 요양보호사 중 한 명이 방을 어둡게 하려고 조도를 낮춘다. 그러자 다른 요양보호사가 화들짝 하고 서둘러 원상태로 되돌리며 한마디 한다.

"이 어르신은 야간섬망 때문에 조명을 밝게 해두지 않으면 일나요. 허허."

"맞네, 맞네. 대부분 오전에 방 치우다가 오늘은 좀 늦은 시간에 해서, 깜빡 잊었어요. 어머, 또 초콜릿을 입에 넣으시네요. 식사하신 지 얼마나 됐다고….”

노인은 표정 하나 바꾸지 않은 채 벽면을 주시하며 초콜릿을 입에 넣고 오물거린다.

“식사량을 조절해서 저 정도는 괜찮아. 자주 찾으시니까 당뇨 없으신데도 당뇨 환자용 초콜릿으로, 작은 크기로 특별 제작해서 두잖아. 초콜릿 통도 자주 살펴봐야 해. 한꺼번에 많이 넣어 두면 안 되고.”

“양치질을 또 해드려야 하니까 그렇죠. 초콜릿은 구석구석 잘 닦아야 하고, 잘 닦이지도 않는단 말이에요. 아침마다 드시는 코코아차로는 성에 차지 않으신가 봐요.”

양치질을 담당한 요양보호사가 샐쭉하자, 다른 요양보호사가 등을 쓸어주며 위로한다.

“지금은 쉬시게 해 드리고, 주무시기 전에, 나중에 해 드리면 되지. 내일은 나랑 바꿔서 자기가 간식 챙기는 일 할래?”

“아니요, 양치질 돕는 일이 나을 것 같아요. 호호호.”

요양보호사들이 나가고, 노인이 기댄 침상이 30도 각도로 서서히 낮춰진다. 로봇이 조절해 준 것이다. 노인은 오물대던 입을 편히 두고 눈을 감는다.

31

저 사람이 내 유일한 가족이다. 이름은 엘리엇 루^{Eliott Roux}.

모친이 영국인, 부친이 동양계 프랑스인이라고 했다. 그래서 인지 갈색 머리, 갈색 눈동자의 키 큰 동양인 같기도 하다. 눈썹은 가지런하면서도 위엄있어 보이는데, 저렇게 우아한 남자 눈썹을 본 적이 없다. 턱을 살짝 들고 무언가 골똘히 생각에 잠기는 모습은 얼마나 당당한가. 손놀림은 또 얼마나 섬세한가. 강직하면서 온유하고 크고 넓게 품을 수 있는, 나무로 치자면 바오바브나무^{baobab} 같은 사람이다. 우리가 함께 일한 지 7년이 돼 간다. 저 사람에게 나는 뭘까?

"에보니, 아니, 크리스티, 콘칭^{conching}* 돌리기 시작했으니 좀 쉽시다."

"엘, 당신이 지어준 이름인데 여태 헷갈려 부르면, 저도 정신 없어요."

내 본명은 에보네이^{Ebaunay}이다. 신분을 숨겨야 했던 시절, 저 사람이 괴테 부인 이름**을 따서 내게 크리스티아나^{Christiana}라는

---

* 초콜릿 제조 과정의 핵심으로, 모든 재료를 혼합하여 액체로 바꾸는 과정에서 초콜릿의 풍미와 질감에 영향을 주는 공정
** 크리스티아네 불피우스^{Christiana Vulpius}. 초콜릿 애호가로 소문 난 괴테에게 초콜릿을 만들어 준 부인

새 이름을 추천했다. 성은 쁘띠[Petit]다.

나는 14살까지 서아프리카 말리[Mali]에서 살다가 납치되어 접경 국가인 코트디부아르[Côte d' Ivoire] 북쪽 외진 마을에 팔려 갔고, 그곳 카카오 농장에서 일하게 됐다.

이곳에 오기까지 참 많은 일이 있었지…….

"잡초 제거 일도 시켜야 하는데, 사내애를 데려왔어야지."

"그런 줄 알고 데려왔는데, 저도 당황스럽습니다."

14살 끝자락, 해일에 휩쓸려 도착한 곳에서 복면을 벗은 나를 보고 나눈, 두 남자의 대화다.

그곳 사람은 내가 알아들을 수 있는 디울라어[Dyula]*를 쓰고 있었다. 그래서 내가 있던 그곳이 다른 나라라는 사실을, 나중에야 알게 됐다.

말리에서의 삶과 달라진 건, 구속과 억압이 늘어났다는 점이다. 쉬고 싶을 때 쉬지 못했다. 집에서는 위험한 일은 어른이 했

---

* 코트디부아르 북서 만데어파 중 하나인 토착 거래어 디울라어. 코트디부아르에서 전국적으로 퍼진 서로 다른 종족군 사이에 사용되는 교통어로, 특히 비공식 상거래와 수송 부문, 노동자(말리, 기니, 부르키나파소)가 일하는 소규모 농업 부문에서 사용되는 상거래 언어. 참조 - 《아프리카 아이덴티티 / 제9장 코트디부아르》 앤드류 심슨[Andrew Simpson] 엮음, 김현권·김학수 옮김

는데, 그곳에선 아이라도 해야 했다. 나보다 한두 살 많은 남자애들이 마스크도 없이 무거운 약통을 메고 농약을 치거나 긴 낫으로 잡초 제거하고**, 손이 닿지 않는 나무에 달린 카카오 열매 따는 일을 했다. 그러다 한 아이가 팔을 다쳐서, 나도 열매 따는 일을 해야 했던 적이 있었다. 그때 낫으로 열매 따다가 팔에 붉고 긴 선이 생기며 부풀어 올랐지만, 어른들은 신경 쓰지 않았다. 그들에게는 열매에 상처 나지 않는 일이 중요했다. 열매에 상처 나면 벌레가 생겨 팔지 못한다고 했다. 팔에 난 상흔은 그 후로 나와 한 몸이 됐다.

아이들만 아픈 것이 아니었다. 카카오나무도 아플 때가 있었다. 그런 적이 없었다가 비가 열흘 동안 쏟아지고 나서, 일주일정도 지난 후부터 열매에 까만 점들이 생기기 시작했다. 어른들은 흑점병이라 불렀다. 수많은 열매와 나무가 병들고 죽자, 어른들이 한숨을 푹푹 쉬어댔다. 아이들은 정든 카카오나무가 죽어서 마음 아파 그런 줄 알았지만, 수확량이 많이 줄었기 때문이란다.

나무뿐 아니라 병들어가는 땅도 있었다. 카카오 농사를 오래

....

** 〈한겨레 21〉 기사 [지구를 바꾸는 행복한 상상 'Why Not'] 참조, 글 조혜정 기자

한 어른들끼리 하는 말을 듣고 알게 된 건데, 땅도 사람처럼 혹사하면 약해지고 아플 수 있다는 거다.

나는 수북이 쌓아 놓은 카카오 열매를 하나하나 쪼개서 콩을 꺼내고 발효시키고 말리는 일을 주로 했다. 어렵지는 않았지만, 수확기에는 매일 9~10시간씩 일해도 끝이 보이지 않는 일이라서 고됐다. 일을 마치고 나면 먼지와 땀 범벅이 된 채로 아무 데나 드러눕는 날이 많았다. 자연스럽게 가족과 친구들에 대한 기억이 줄어들었다.

일손이 부족할 때는 아이들도 담당 구역을 정해서 도맡아 하는 일이 있었다. 그중 하나가 땅에 구덩이를 판 후, 바나나 껍질을 깔고 그 위에 카카오콩과 과즙을 함께 올려놓기를 반복하면서 층층이 쌓아 올린 다음 덮어두고 발효시키는 일이었다. 이만하면 됐겠지, 하고 더미를 걷어냈더니 맛이 쓰고 떫어졌고, 며칠 더 놔뒀더니 썩은 냄새가 난 적이 있었다. 콩을 계속 뒤집어주고 환기해야 곰팡이가 피지 않는다는 걸 몰랐다. 묵히는 정도와 방법에 따라 맛과 품질이 달라진다는 사실을 호되게 혼나고 나서야 배웠다. 제값 받고 팔 수 있으려면 과일 같은 맛이 나야 한다는 사실도. 또래인데 나보다 일 경험이 많은 남자애 한 명이 콩 종류에 따라 발효하는 기간이 다르다고 귀띔해 줬다. 발효가 잘됐는지는 콩 싹이 쪼글쪼글한 걸 보면 알 수 있다고도 했다.

묵혀지는 콩처럼 덮인 생활과 함께 2년이 흘러 16살이 됐을 때였다. 외지인들의 방문은 나를 호수에서 강으로, 바다로 이어지는 강 하구로 데려가 주는 계기가 됐다.

32

더워지기 전, 3월 초였던 것 같다.

농장 가는 진창길에 불쑥 나타나 내 앞을 가로막는 물체가 있었다.

"어머, 귀엽기도 해라."

사파리 셔츠, 갈색 쇼트커트, 안경 너머로 큰 눈이 인상적인 여자가 날 보고 웃으며 말했다.

생각해 보니 나보다 내 머리 형태를 보고 그렇게 말했던 것 같았다. 그때 내 머리는 서너 군데로 나누어 뿔처럼 돌돌 말아 올려 묶고 있었다. 그녀 이름은 마리? 사라? 잘 기억나지 않는다.

그녀는 내가 입고 있던 옷에도 관심이 많았다.

"난 이런 크고 화려하고 독특한 문양이 좋더라. 그런데 너처럼 피부가 검어야 돋보이지. 탁 트인 이곳 환경과도 조화롭고. 모두 각자에게 어울리는 옷감을 잘 골랐다."

그녀가 농장 사람들이 쓰는 디울라어로 느리게 말했지만, 발음이 이상했던 그녀의 말을 전부 이해했던 건 아니었다. 그런 내용의 말이었던 것 같았다. 그녀는 또 멀찌감치 서 있던 친구를 불러 내게 소개해 줬다. 그의 이름은 뚜렷이 기억하고 있다. 내 인생의 길을 바꿔 준 사람이니까.

"이쪽은 스와나다 모페이$^{Swanada\ Maupay}$. 그리고 이쪽은…, 나 좀 봐. 이름도 모르고 있었네."

당황한 그녀가 날 보자, 내 이름을 말해줬다.

"에보네이."

이어 둘은 각자 간단히 자기소개를 했다.

스와나다는 유전학자고 인도계 프랑스인이라고 했다. 허리띠가 누르고 있던, 부풀어 오른 배가 가장 먼저 눈에 띄었다. 키는 동행한 여자보다 약간 작았다. 그도 사파리 셔츠를 입고 있었다. 나보다는 피부가 밝았지만 가무잡잡했고, 달라붙은 검은 곱슬머리에 양옆과 정수리부터 뒤쪽으로 흰 새치 묶음이 드리우고 있었다.

둘은 무슨 연구센터에서 일하고 있다고 했으며, 다양한 야생 카카오 종을 분류하고 복제하는 등의 일을 하는데, 현지답사하고 채취하러 농장에 가는 길이었단다. 나는 그들을 농장으로 안내했다.

6개월 지나 외지인이 한 번 더 다녀갔고, 세 번째 왔을 때였다.

스와나다는 매번 왔고, 일행만 바뀌었는데, 마른 체형의 키가 큰 백인 여자가 그렁그렁한 눈으로 날 봤다. 잔털이 보송보송한 손으로 자기 얼굴을 감싸고 가리려 애썼지만, 분명히 나를 본 후 눈물을 흘리기 시작했다. 나는 아무 말도 하지 않고 천연스레 눈만 껌뻑거리며 쳐다봤다. 내 시선을 느꼈는지 그녀가 호흡을 고르더니 입을 뗐다.

"프랑스 가정집에, … 가서 일하는 소녀도 있다는데, 차라리 이곳이 나으려나?"

14살 적 키에서 별로 자라지 않았지만, 내 나이 17살이었다. 농장 사람들과 가끔 오는 외지인들 대화는 거의 전부 이해할 수 있었다. 하지만 그녀의 말은 듣고도 이해하지 못했다. 뭘 비교하고, 왜 비교하나? 그녀가 왜 우는지 그 이유 또한 몰랐다.

농장 사람들은 대체로 단순했다. 그녀처럼 아무 이유도 없이 눈물을 흘리는 법이 없었다. 웃을 일은 별로 없었지만, 말없이 일하다 노래하고 춤추기도 하고 다치면 아파서 운다. 감정을 솔직하게, 이해할 수 있게 표현하는 것이 당연했다.

삼촌이 꽃가루 알레르기 때문에 가려운지 코를 비벼대며 말했다.

"저 어르신은, 저 소녀는 납치당한 것, 강제노동하는 상황을 전혀 모르고 있잖아? 먹먹하다."

난 삼촌의 말에 공감했다.

"그러게요. 인간에게 마땅히 주어져야 할 기본권이 배우고 하고 싶은 일을 선택할 권리인데, 기본권을 박탈하고, 연민과 보상도 없이 희생을 강요하는 건 잔인무도하죠. 강제성은 최소화할 때 정당해지고, 정당성(正當性)이 우선하면 규율 같은 강제는 자발적으로 지켜질 뿐 아니라, 공정성도 자연스레 따라가게 돼 있어요. 정당성의 사전적 의미는 '이치에 합당하고 옳은 것'이에요. 한 사회가 과도하게 불공정하다면, 이치에 맞지 않는 일을 하면서 공정을 논한, 혹은 논하지도 않은 결과일 거예요. 대대적인 강제성이 동원되어야 할 정도로 사회 개혁이 필요하다고 느껴질 때는, 정당성에 호소해 보는 게 어떨지 해요. 그만큼 **개개인 스스로 정당하게, 사리에 맞게 사고를 확장할 수 있도록 깨우쳐 주는 교육**이 중요한 것 같아요. 강제성을 띤 성공

지향 획일화 교육, 과열 경쟁, 물질주의와 과잉생산으로 오염된 세계에서 살고 있는 한 사람으로서, 저들의 생활에서도 한 가지 배울 점이 생각났어요."

"자연으로 돌아가자?"

나는 '알고 단순해지는 것과 모르고 단순한 것과는 다르지만….'이라는 내 생각을 덧붙여서, 소설 《모비 딕*》에서 읽었던 문구를 기억나는 대로 말했다.

'단순함에서 나오는 그들의 차분한 침착성은 소크라테스의 지혜처럼 느껴진다.'

33

농장에서 일하면서 날 위협하는 사람은 없었다.

나와 같은 아이들이 나무에 붙은 가지처럼 서로에게 의지했다. 그래서 크게 불안할 일이 없었던 것 같다.

1년 전 나를 보고 울던 그녀가 나 대신 농장에 불어닥칠 불행을 예감했던 것일까. 과거 납치됐을 때보다 더 막연한 두려움이라는 어둠이 열여덟 살 삶의 틈서리에 드리워졌다.

....

* 《Moby-Dick; or, The Whale》, 미국 소설가 허먼 멜빌Herman Melville의 장편 소설

나보다 한 살 많았지만, 키가 훨씬 크고 외모가 이미 어른 같은 슬라만Slaman이 땅에 거름 주고 농약 치고 잡초 제거하는 일을 담당하고 있었다. 슬라만은 어른들 못지않게 능숙하게 낫을 잘 다뤘다. 15살 때부터 낫을 잡았으니 5년 차 일꾼이었다. 기질이 대범하기도 했다. 내가 보면 조마조마한 일인데 낫을 힘껏 휘둘러댔다. 그런 일을 하면서 평생 위험에 직면하지 않으리라 장담할 순 없었지만, 슬라만에게는 너무 일찍 덮쳤다.

"으아악!"

숲 사이사이로 자르르 퍼지는 음성이 아주 멀리서부터 들려왔다. 나는 카카오콩을 쪼개다 말고 벌떡 일어서 주변을 둘러봤다. 다른 아이들도 일손을 놓기는 마찬가지였다. 우리는 약속이나 한 듯 진원지를 찾아 달려갔다.

먼발치에서부터 몸이 거의 절반으로 접힌 슬라만이 보였다. 땀을 흠뻑 흘리고 있었고, 왼 다리를 펴고 오른쪽 무릎을 세워 부여잡고 있었다. 바닥에 웅크리고 있는 슬라만의 얼굴은 잔뜩 일그러져 촌장 할아버지 낯빛이 되어 있었다. 이를 악물고, 끙끙 동물 울음소리를 냈다. 뒤따라 달려온 한 아이가 도착하자마자 비명을 질러댔다. 그러자 나를 포함한 다른 아이들도 미처 발견하지 못한 광경을 보고 울고불고 난리 쳤다. 슬라만 왼발

밑 잡초 사이로 피가 흥건하게 흐르고 있었고 엄지발가락이 달랑달랑 붙어있었지만 거의 떨어져 벌어진 상태였다.

아이들보다 키 크고, 다리가 긴 어른들이 늦게 도착했다. 그 상황에선 단순하고 느긋한 어른들의 모습이 지긋지긋해졌다. 병원은 너무 먼 곳에 있어서, 일전에 촌장 할아버지가 아파서 병원 갈 때도 몇 달 걸렸다고 했다. 슬라만을 태우고 갈 차도 없었다. 아무런 대책을 세우지 못하고 술렁대는 소리만 슬라만의 등을 차츰 짓눌렀다.

의논을 끝낸 듯한 어른들이 나뭇가지를 엮어 만든 들것을 가져와 슬라만을 그 위에 눕히고 촌장 할아버지 댁으로 옮겼다. 촌장 할아버지가 얼마 전 아비장*에 들렀다 사 온 알로에 베라와 파인애플을 쓰자 했다.

큰일을 치를 때는 여러 의견을 수렴하고 조율할 지도자가 필요했다. 어른, 아이 할 것 없이 촌장 할아버지의 지시대로 차분히 움직였다. 열린 상처 내부로 알로에 젤을 듬뿍 바른 다음, 구멍이 숭숭 뚫린 얇은 천으로 싸맸다. 슬라만의 이마에는 송골송

* Abidjan : 코트디부아르에서 가장 큰 도시이자 경제 수도이다. 1951년 브리디 운하 완공으로 아비장은 중요한 항구가 될 수 있었다. 출처 - 위키백과/에보네이가 18살 때, 슬라만에게 사고가 일어난 시기를 1951년으로 설정했다. - 저자

골한 땀이 맺혔고 목에도 물기가 흥건했다. 슬라만은 연신 신음했다. 우리는 어른, 아이 할 것 없이 자발적으로 돌아가면서 파인애플 껍데기를 삶아 낸 물을 슬라만의 입술 사이로 방울방울 떨어뜨려 넣어줬다. 파파야 씨를 갈아낸 즙도 마시게 했다. 슬라만은 여러 곳을 헤매고 돌아다니는 듯했다. 그렇게 3일이 흘렀다.

슬라만의 얼굴을 출렁이게 했던 깊은 주름들이 잔잔해졌고 편히 잠든 것 같았다.

나무 옆구리에서 꺾여 축 늘어진 큰 나뭇가지가 바람에 흔들대다 잠잠해지자, 작은 가지들도 잔떨림 없이 안정감을 되찾았다.

그때 나는 다른 아이들보다 반발 앞서, 다가오는 기운을 감지했던 것 같다. 슬라만의 고요했던 모습을 보고 느꼈던 감정이 쓸쓸함으로 기억하니까.

34

슬라만은 12살 때, 내가 태어난 말리 옆 나라인 부르키나파소^{Burkina Faso}에서 살다가 나처럼 끌려왔다고 했다. 농장 사람들은 배우지 못했어도, 하늘이 무서운 줄은 알았고 영혼이 있다고 믿었다. 그래서 슬라만의 혼을 서운히 보내지 않았다.

부르키나파소에서는 2~3개월 동안 죽은 이를 애도하는 곳도 있다지만, 일이 많은 농장에서는 주저했다. 촌장 할아버지의 결정에 따라, 한 달간 슬라만의 모국 장례가 치러졌다. 오전 7시부터 오후 4시까지 일하고 나서, 슬라만의 장례를 매일 행했다. 모두 각자 준비한 가면을 쓰고 노래하고 수렁 위를 밟아가며 춤췄다. 울려 퍼지는 노랫가락엔 그 어떤 울음도 웃음도 섞이지 않았다. 솔직한 그들이지만 그때만큼은 숨겼을지 몰랐다. 감정을 인위적으로 조이고 푸는 억지스러움 없이, 영혼이 가는 길이 적막하지 않도록 도왔다.

몇몇 사람이 애도문을 준비해서 낭송했는데, 그중 하나는 한 달 내내 반복해서 모든 이가 암송했다.

오오, 슬라만아 형제여

네 살 네 피 흩뿌려진 세상을 보라
검푸른 하늘 검붉은 땅 비로소 보이지 않네

걷고 누울 땅 신께서 거둬가셨으니

살았던 자여 망자여 애쓸 필요 없네

오오, 슬라만아 형제여

신의 품에 안기어 고결해질 영혼이여
원하노니 가져가소서

인간 세상 서린 한 줌 원한마저도

35

1년에 우기가 두 번 있는데, 이상기후가 연거푸 일어났다.

무더울 날씨에 기온이 떨어지고, 따뜻하고 건조할 시기에 무덥고 장대비가 오락가락하는 식이었다. 착하고 성실했던 슬라만이 우리의 바람을 듣지 못한 게 아닐지 하는 생각도 들었다.

이상해진 건 기후만이 아니었다.

내가 납치당해 올 때도 총을 든 사람을 못 봤는데, 언제부턴가 총을 든 사람들이 마을을 휘젓고 다니기 시작했다. 수시로 아이들을 일렬로 세워놓고 우리가 알아들을 수도 없는 말로 자기들끼리 시끌벅적 떠들어댔다. 아이들이 하나둘 보이지 않거나 열 살도 안 된 아이들을 데려다 놓기 시작했다. 농장에 있는 어른들도 냉랭한 그들과 얼굴을 마주치지 않으려고 고개를 숙이고 다녔다.

그리고 꿈틀대던 불안감이 표면으로 드러나는 사건을 맞닥뜨렸다.

쪼그리고 앉아 콩을 골라내고 있을 때였다. 내 등을 아프게 쿡 찌르는 차갑고 딱딱한 물질이 느껴졌다. 그것이 총임을 직감한 순간, 들고 있던 카카오 열매가 손 사이로 스르륵 빠져 바닥에 나동그라졌다. 바로 그때 누군가 내게 복면을 씌웠고, 양손을 뒤 허리춤에서 묶었다. 등을 재차 찔러대며 디울라어로 일어나라고 소리쳤다. 난 일어서다 엉덩방아를 찧고 나서 다시 똑바로 일어났다.

무장 괴한은 말을 아꼈다. 총구로만 밀어대며 내가 가야 할 방향을 알려줬다. 발이 푹푹 빠지고 몇 번이나 좌우로 흔들리는 걸음으로 한참을 걸었던 것 같다. 이번에는 총이 아닌 사람 팔이 내 앞 어깨뼈를 가로막으며 멈춰 세웠다. 두 남자의 목소리가 작게 들렸다. 정황상 내 몸값을 흥정하고 있음이 분명했다. 죽이려고 했다면 이미 산목숨이 아니었을 테니까.

또다시 어디론가 팔려 가도 살 수 있다면 감사해야 하는 일일까.

앞은 새까맣게 아무것도 보이지 않는데, 백인 여자가 날 보며 울던 모습이 환하게 떠올랐다. 말리 가족도 보였다.

까마득해지는 머리 위로 굵은 빗방울이 툭툭 두드리기 시작했다. 그와 함께 남자들의 대화 속도도 빨라졌다. 조용해지고 나서 멀어져가는 발소리, 차 문 여는 소리가 들렸다. 장대비로 바뀔 조짐이 느껴졌을 때, 한 남자가 내 배를 낚아채 공중으로 붕 띄워 올렸고 차에 태웠다. 찰나지만 푹신한 뱃살이 내 골반을 스쳤다. 그 남자도 내 옆자리에 따라 올라탄 것 같았다. 두드리는 신호로 차는 출발했다. 이어 남자가 입을 열었다.

"미안하다, 에보네이."

'이 음성은……, 뱃살!'

"스와나다?"

"이 방법밖에 없었어. 많이 놀랐지?"

내 예상이 맞았다. 카카오 열매의 흰 과육처럼 말랑말랑한 어조로 말하며 복면을 벗겨준 남자는 스와나다였다. 긴장하고 있던 내 온몸의 근육이 풀리면서, 동시에 눈물샘을 잠그고 있던 꼭지도 풀렸다. 한참 기다려 준 그가 내게 휴지를 건네며 힘주어 또박또박 질문했다.

"네가 선택할 시간이 왔어. 원한다면 말리로 갈 수도 있고, 나와 함께 프랑스로 갈 수도 있어."

난 프랑스라고 하는 말에 놀라서 눈을 동그랗게 떴다. 그는 내 반사 작용의 이유를 알아채고는 안심시키며 말을 이었다.

"내가 널 데려가서 집안일 시키거나 다른 가정집에 팔아넘길 거로 생각하는 건 아니겠지? 말리는 내전이 일어나고 있어서 잘 생각해야 해. 이곳 사정도 좋지 않아서 말리로 갔다가 여기로 다시 끌려올 수 있고. 프랑스에 수제 초콜릿을 만드는 쇼콜라티에^{chocolatier} 지인이 있는데, 원한다면 네게 소개해 줄 수 있어. 네가 새로운 삶을 살 수 있도록 도울 수 있는 사람이야. 어떻게 할래?"

36

그때 말리에 있는 가족 때문에 머뭇거렸지만, 스와나다가 참을성 있게 기다려 준 덕분에 엘리엇을 만날 수 있었다.

엘리엇과 나는 첫 만남 이후로 3년간은 함께 일하지 못했다. 서로의 공통 언어가 없었기 때문이다. 몸짓, 눈짓만으로는 소통에 한계가 있었다. 나는 프랑스어를 배우기 시작했다. 엘리엇이 소개해 준 초콜릿 공장에서 허드렛일 하며 생활비를 벌었다. 때

마침 나이가 지긋한 여직원이 퇴사하면서 직원 숙소에 빈방이 생겨 잠자리도 해결했다.

한 달에 한 번 엘리엇 공방으로 찾아가 초콜릿 제작 공정에 대한 기초 지식을 배웠다.

공장에서 1년간은 시키는 대로 그들의 그림자처럼 따라다녔다. 내가 그들의 말을 못 하니까 감정도 없는 무생물쯤으로 생각했는지, 우스꽝스러운 표정과 몸짓으로 내 행동을 흉내 내며 놀리기도 했다. 처음에는 못 알아들은 척 넘겼다. 하지만 그들의 야유가 반복되는 일이 잦아지자 슬슬 불쾌해졌다.

하루는 정련하고 남은 초콜릿을 끌 칼로 긁어 자기들 얼굴에 바르고 문댔다. 또 무슨 바보스러운 짓을 하려는지 지켜보고 있었는데, 그들은 무언의 손가락질로 내 피부색과 같다고 표현하면서 깔깔 웃어대더니 물수건으로 닦아냈다. 거기서 멈췄으면 괜찮았다. 구정물이 든 물통을 가져와서 내 머리 위에 얹어놓다가, 그 물을 내게 쏟아부었다. 그리고 놀란 표정을 짓고 실수인 것처럼 말했다.

"Tiens(저런)!"

빈 물통을 한 손으로 잡고 자기 머리 위에 올리고는 엉덩이를 샐룩대고 걸어가면서 '아프리카에서는 이런 모습으로 살잖아.

네가 살던 곳으로 돌아가라!'라고 했다.

그 말을 들은 후, 불끈 쥐고 있던 주먹이 절로 풀렸다.

'저 말이 들렸어. 이해했어.'

그 외에도 그들의 긴 대화가 막혀 있던 귀를 뻥 뚫고 들어와 머릿속을 유영했다.

나는 분노를 이성으로 정화했고, 다르게 생각하기 시작했다.

'그들이 나를 무시하는 건, 나를 알지 못하기 때문이 아닌가. 그들은 드러나는 말 외에는 공감할 수 있는 능력을 갖추지 못했다. 그렇다면 앞으로 내가 그들에게 나를 알리면 된다. 그들에게 무시당하지 않으려면 그들의 언어로 잘 표현하면 된다.'

그 후로도 그들은 우발적인지 계획적인지 모를 멍청한 짓을 하곤 했지만, 그때마다 생각해 둔 프랑스어를 적어두고 연습했다. 같은 상황에 놓이게 될 때 그들의 지성을 깨울 만한 말로 표현할 수 있도록 훈련했다.

엘리엇은 나를 볼 때마다 직장에서 문제없이 잘 지내고 있는지 물었다. 내 안색에서 낌새챈 것 같았다. 표현력이 부족할 때는 말하기 힘들어서 괜찮다고만 했었다. 시간이 갈수록 가족처럼 날 걱정해 주는 그가 내 일로 신경 쓰지 않도록 별일 없다고 했다. 사실 혼자 견딜 만큼 단단해진 것 같았다.

내가 웬만한 프랑스어를 구사할 수 있게 됐을 때, 엘리엇이 힘을 북돋워 줬다.

"크리스티*, 여러 색을 섞으면 검은색이 되고, 검은색은 빛을 흡수해서 따뜻하기도 해. 난 네가 여러 사람이 되어 보고, 여러 다른 환경에서 쌓은 경험으로 깊고 따뜻한 사람으로 살아가리라 믿어."

37

"크리스티, 내가 전에도 말했지. 레시틴**을 첨가할 때는…"

"콘칭 후반부에 넣습니다!"

엘리엇은 앵무새 잔소리꾼이었다. 그만큼 초콜릿에 대해 열정적이고 완벽해지려 했다.

"콘칭이 불충분하면 나타나는 현상은?"

"팻 블룸Fat bloom***."

"콘칭 다음 공정은?"

....

* 에보네이의 프랑스 이름 크리스티아나 애칭
** 초콜릿 점도를 낮추는 데 쓰이는 일반적인 유화제. 참조 - 《카카오에서 초콜릿까지》, 김종수 지음
*** 초콜릿 표면에 하얗고 얇은 막이 생기는 현상. 출처 - 식품과학기술대사전

"템퍼링."

"템퍼링이 뭐다?"

"초콜릿 매스^{chocolate mass}****에 열을 가하고 식혔다가 다시 열을 가하는 공정이요. 이를 통해 초콜릿 결정이 안정화됩니다."

"템퍼링이 잘된 초콜릿 상태는 어떻지?"

"비단처럼 윤기 있고 일관된 색상을 띠게 됩니다."

"이제 혼자 할 수 있겠네. 이 할아버지는 좀 쉬어야겠다."

"네? 어휴."

난 한숨 섞인 웃음이 나왔다. 엘리엇은 나보다 열두 살 연상이었다. 올해 마흔 줄로 접어들었다고, 나이 들면 혀에 있는 맛봉오리***** 개수가 줄어들어서 감별력이 떨어진다며 벌써 걱정했다.

그의 말대로 이제 묻지 않고도 전 과정을 거쳐 초콜릿 바^{choc-olate bar}로 완성하고 포장까지 할 수 있었지만, 온도와 습도 조절, 숙성까지, 미묘한 차이를 알게 되고 난 후부터는 더 어렵게 느껴졌다.

....

**** 초콜릿 액의 다른 이름. 출처 – 식품과학사전
***** 척추동물에서, 미각을 맡은 꽃봉오리 모양의 기관

심리적 장벽이 생기면서 그 너머에 있을 꿈을 잡기 위해 뛰어넘고 싶었다.

엘리엇만큼 숙련된 쇼콜라티에가 되고, 잘 숙성된 초콜릿을 감별해 내는 감별사로 인정받는 꿈.

전에 다니던 공장에서 누군가가 내게 이런 말을 했다.

"감별사는 취향이 고급이어야 해. 그래서 태어난 배경, 자라온 환경, 신분을 따지지. 넌 꿈도 꾸지 마."

그로부터 20년 후, 엘리엇은 사업을 축소하면서 제자 양성의 길로 들어섰고, 테오^{Theo}와 결혼하면서 내게도 가족이 더 늘어났다. 엘리엇과 테오는 그들에게 관심을 둔 사람들의, '성 역할'을 묻는, 얄궂은 질문에 응수하는 의미로, 혼인 서약 낭독에서 "정신적인 반려자"임을 공표했다.

나는 대외적으로 초콜릿 감별사 겸, 한 부티크^{boutique} 호텔에서 쇼콜라티에로 일하기 시작했다. 그 호텔에는 관광객이 많았고 선물용 수제 초콜릿을 자체 제작하여 판매했다.

엘리엇은 나이 들면 맛 감별력이 떨어진다고 했었다.

하지만 나는 오히려 나이가 들면서, 진득한 노력이 겹겹이 녹아든 초콜릿이 내가 걸어온 인생의 맛과 어우러짐을 느꼈을 때,

그 맛에 흠뻑 빠져들었다.

모델

38

두 명의 요양보호사가 정갈하게 방 청소를 하고 있다. 한 명이 손동작을 멈추고 허리를 곧추세우고는 방을 휘둘러본다.

"이 방만 들어오면 휴가 온 기분이에요."

"나도. 저 벽지는 진짜 숲 같지? 이국적이고."

"천장은 또 어떻게요. 지금 밖에 비가 오고 있으니까 더 운치 있는데요?"

"그런데 사진들 걸려있는 벽 중간 줄 맨 아래, 젊은 남자 독사진, 봤어? 외국인이라서 나이가 어떻게 되는지 모르겠단 말이야. 저 사진 볼 때마다 여기 분위기와는 거리감이 있는데, 좀 닮은 것도 같고……. 가족이겠지? 어르신이 먼저 말씀해 주신 적이 없었던 것 같아."

"네. 눈매하고 얼굴형이 닮았어요. 아들 아닐까요? 아니면,

오른쪽 위에 있는 사진이 부모님인 것 같으니까…, 아버지 닮은 오빠나 남동생 젊었을 때 사진일 수도 있겠네요. 앞니가 벌어져서 장난기 있어 보여요."

"아들인가?"

"어르신 오시면 슬쩍 여쭤볼까요? 오래 함께했으니, 우리도 가족이나 매한가진데…."

화면이 순간 정지했다. 삼촌이 내기 제안을 참지 못해서였다. 어쩌면 시장기 때문이었을지도.

"좀 출출한데, 내기에서 진 사람이 라면 끓이기, 어때?"

"네. 어떤 내기요?"

"저 사진 속 인물이 아들일까? 오빠일까? 남동생일까? 난 아들에 건다. 넌 다르게 해야겠지?"

"저도 아들로 하면 안 될까요?"

"그럼, 재미없잖아~. 그래서 선점이 중요한 거거든."

"어휴, 형님. 그런 억지가…. 무섭습니다. 어쩔 수 없이 남동생으로 해야겠네요. 오빠는…, 아닐 거예요."

삼촌과 나는 침을 꼴깍 넘기며 영상을 재생했다.

그런데 정답을 알려 줄 요양보호사는 온데간데없이, 노란색 폴더 어르신의 회상 장면이 보이기 시작했다.

"삼촌, 너무 빠르게 감으신 거 아니에요? 아니면 다른 파일 클릭하셨거나요."

"아닐…걸? 아니야, 그대로 눌렀어."

삼촌이 이전으로 돌리자, 요양보호사들의 이러쿵저러쿵하는 대화 화면이 나오고 나서, 곧바로 뚝 잘린 듯 회상 장면이 이어졌다. 우린 어안이 벙벙해져 서로를 멍하니 바라보다 각자 컵라면에 물 부어 먹기로 했다.

39

"랜스Lance! 또 거울 앞에 있는 거니?"

엄마의 온화하면서도 은근한 걱정이 거울 속의 내 이중 정체성에 혼란을 가중한다.

현재 15살인 나의 꿈은 2년 뒤 잡지 표지를 장식하는 모델이 되는 것이다. 키는 이미 179cm, 골격도 갖췄다. 하지만 이 외모로는 어림도 없다. 벌어진 앞니는 문제가 아니다. 아니, 그것도 약간은 문제다. 더 큰 문제 앞에서 심각성이 증발할 뿐.

부모님은 내 간절한 걱정거리를 모르고 있다. 어떤 식으로 드러내야 충격을 덜 드릴까? 수술비는 또 어쩌고? 수술하고 회복하는 기간을 고려하면, 1년 안에 완벽한 수술을 받아야 한다.

나는 거울을 보고 있으면 창조자가 된다. 거울 속의 내가 말한다. 네가 되고자 하는 모습을 그림이든 사진이든 묘사해서 보여드리라고.

그때부터 벽에 빼곡히 걸어 둘 여성 모델 사진을 모으기 시작했다. 모델 사진 위에 내 얼굴 사진을 오려 붙일 요량이었다. 분열해서 떼어내고 변화하고 싶은 내 정체성을 대변하려면, 한두 개 사진으로는 부족했다. 부모님이 벽면 가득 채워진 사진 전시실로 입장해 오면, 단번에 내 심리를 알아챌 거라는 게 묘안이었다.

독학도 했다. 수백 장의 사진 속 모습들을 따라 하면서, 의상, 배경, 헤어, 메이크업, 소품 등 여러 요소의 연관성을 분석했다. 콘셉트concept를 주축으로 표현 방법들이 한눈에 들어오면서 신선한 영감이 떠오르자, 사진작가가 요구하기 전에 즉석에서 보여 줄 나만의 자세를 구상하고 잊지 않기 위해 스케치해 두었다.

단순히 서 있는 자세라도, 시선을 오른쪽으로 돌리고 머리는 왼쪽으로 치우치게 두며, 어깨뼈가 사선을 이루도록 오른쪽 어깨를 높이 들고 왼쪽 어깨는 밑으로 내려뜨리고, 오른쪽 골반을 바깥으로 빼고, 오른팔은 골반을 따라 둥그스름하게 내려 골반에 손을 걸치고 왼손으로 오른팔을 편히 잡고, 오른쪽 다리를 앞으로 모아 서는 등, 인체의 모든 골격과 근육을 써서 하나의 선을 그리는 예술 작품으로 승화할 수 있도록 연구했다.

앉는 자세도 다양하게 취했다. 의자 위에 무릎 꿇은 다음, 엉덩이를 뒤로 쭉 빼고, 석양 녘 하늘을 허리 곡선 안에 담고, 의자 등에 팔꿈치를 얹어 두 손 모아 이마에 대고 턱을 치켜들고, 눈을 감고 자연 속에서 명상하는 듯한 자세. 벽에 기대어 무릎 세우고 앉고, 드러눕듯이 앉고, 웅크리고 앉고, 편안한 자세로 앉았지만 해맑게 방긋 웃거나 표정을 바꾸어 상대를 고혹하게 만드는 눈빛을 뿜어내는 연습도 했다.

야외에서는 녹초가 될 때까지 춤을 추듯 뛰는 역동적인 자세를 연습했다. 주차된 차 옆으로 다가가 다양한 각도에서 차를 돋보임과 동시에 나를 홍보할 수 있는 분위기를 가다듬는 연구를 했다. 이제 자세만큼은 자신 있었다.

모델로서의 이름도 생각해 뒀다. 순백색의 밝고 빛나는 감성을 떠올리는 '비앙카Bianca'. 하지만 그 이름과 동떨어진 연갈색 피부가 내 자신감을 짓눌렀다. 아빠는 페르난도 아무Fernando Amou, 브라질 사람이고, 엄마는 올라 애헌Orla Aherne, 아일랜드 사람이다. 모델 지망생으로서의 나는 엄마를 닮았어야 했다.

드디어 준비된 전시일이 왔다. 저녁 식사를 끝내고, 난 부모님을 내 사진 전시실로 초대했다. 부모님은 방문이 열리자 걸음을 멈추었다. 엄마는 비틀거렸고, 아빠 얼굴은 엄숙해졌다. 난 아빠의 눈에서 분노, 실망, 체념 등의 복합적인 섬광이 지나가는 걸 알아봤다.

40

부모님만 설득하면 모든 일이 순조로운 줄 알았다. 각오가 너무 어설펐던 것일까. 본격적인 수술을 받기 전, 호르몬 치료부터 받기 시작했다. 그 분야의 대가로 소문난 의사는 스무 살 전에 호르몬 치료를 받으면 가슴 수술까지는 필요 없다고 했다. 하지만 나는 필요하다고 우겼고, 의사에게서 다른 데 가서 수술 받으라는 말을 듣고 나중엔 보챘다. 끊임없는 푸념과 애원을 들은 의사는 결국 가슴 수술까지 해주기로 약속했다. 내 본질을 에워싸고 있는 실존 외형을 바꾸기 위한 탐험을 위해 혹독한 대가를 치러야 했다.

엄마는 내가 행복하다면 그걸로 됐다며 전폭적인 지지를 해줬다. 아빠는 언제든 내던져 버리고 싶을 땐 돌아오라고 나지막이 말했다. 호르몬 치료만 받는 기간에도 지쳐서 내 정체성에 대해 어질어질했던 나는, 두 분의 사랑을 버팀목으로 해서 기필코 꿈을 이루기로 마음을 다졌다.

2년 뒤 마침내 윗니 교정까지 마친 '비앙카 아무'가 되어, 미국 뉴욕에 있는 사진작가 이던^{Ethan}의 작업실로 찾아갔다.

이던은 광고업계에서 소문 난 상업 예술가였다. 그의 창의력과 호흡을 맞춰 주목받고 명성을 얻은 모델들은 그를 '이더니즘^{Ethanism}'이라 칭하며 추종했다. 그의 눈에 들기만 하면, 그가 무채색인 내 알맹이 역시 다채로운 빛깔로 물들여 주리라 믿었다. 그러기 위해선 어떻게든 먼저 그의 시공(時空)의 일부가 되어야 했다.

고민한 끝에 '실존을 그리다'라는 제목의 동영상을 만들어 들고 갔다. 동영상은 부모님을 경악하게 했던 벽면 사진들, 랜스에서 비앙카로 변신하는 힘든 수술 과정과 심경 독백, 의사와의 면담, 부모님 격려사, 벌어진 앞니를 익살맞게 내밀며 찍은 랜스 사진, 수백 장의 모델 사진을 따라 하며 만든 나만의 포즈들로 완성되었다.

이던은 명석했다. 연갈색 피부의 성전환한 나를 그의 창작 소품 저장고에 넣어두고, 또 다른 오브제^{objet}*로 선택해서 쓸만하다고 판단했던 것 같다. 비주류라도 좋았다. 처음부터 주류 축에 낄 거로 상상하지 않았다. 내 실체에 가까이 다가가는 것만으로 난 이미 작은 성공을 거둔 것이다.

이던의 작업실은 한 건물 1층부터 5층까지 전 층을 썼다. 1층은 카페 도서관처럼 자유로이 음료를 마시며 독서할 수 있는 공간이었다. 2층은 문을 열고 야외를 볼 수 있는 발코니가 연결되어 있었고, 패션쇼장 무대를 방불케 할 정도로 광활하게 넓었다. 실제로 이동 카메라가 있어서 걷는 동작 스냅 사진도 촬영하는 것을 보았다. 3, 4층은 여러 콘셉트로 사진 촬영할 수 있도록, 공간을 알뜰하게 나눠서 세트와 소도구를 갖추어 놓고 옮겨 다니며 작업했다. 5층은, 들어가 본 적이 없지만, 이던의 개인 작업실이라고 들었다.

모델들은 자기가 촬영할 날이 아닌데도, 완벽하게 치장하고 그곳에 가서 대기하고 있었다. 물론 나도 예외는 아니었는데, 갑자기 광고 의뢰가 들어오는 경우, 이던이 즉석에서 끌리는 모델을 소개해 주곤 했기 때문이다. 다른 이유도 있었다. 이던이

....

* 새로운 느낌을 일으키는 상징적 기능의 대상

자기관리가 철저한 모델을 좋아한다는 걸 알고, 그의 뇌리에 각인되길 원했던 것 같다.

노력했던 내게도 절호의 기회가 왔다.

프린지fringe, 장식술가 포인트인 덜 그리니쉬 블루dull greenish blue, 중간톤의 녹청색 의상과 내 피부색이 잘 어울릴 거로 생각했는지 이던이 나를 지목했다. 그 의상 대부분을 휘감고 있는 짧은 길이의 장식술은 움직임에 따라 흔들리는 결 방향이 달랐다. 마치 숲이 바람에 파르르 떨고 있는 형상에서 발상한 디자인이 아닐지 싶었다. 촬영진은 맡은 역할대로 나를 의상과 잘 어우러지도록 꾸며주었다.

이제 내가 보답할 차례였다. 카메라를 등지면서 상체를 틀어 옆얼굴을 보여 주는 동작에서부터 변형된 여러 자세를 취했다. 나는 나무에 사는 숲의 요정이 된 것처럼 현실과 몽환의 경계를 더듬었다. 술 장식이 이리저리 흔들리면서 내 자아의 경계를 간지럽히는 것 같았다. 의상과 일체가 되어 한껏 분위기가 고조되었을 때, 키득거리는 소리와 함께 한마디 말이 벽을 타고 울려왔다.

"젠더 벤더Gender bender, 남자 같은 여자, 여자 같은 남자."

41

조명 책임자인 루카스^{Lucas}가 앰버 무리에게 손사래 쳤다.

앰버^{Amber}, 카밀라^{Camila}와 케일리^{Kaylee}는 늘 뭉쳐 다녔는데, 촬영 장소 중, 특히 이던이 직접 촬영하고 있는 현장을 떠나지 않고, 조명받는 모델에게 시기와 악의적인 말을 뱉어내곤 했다. 심리적인 공격을 당하고 나면, 자제심을 발휘한다 해도, 골격과 얼굴 근육에 미세한 떨림이 일어나고, 사진작가와의 호흡에 집중하기 힘들어진다는 점을 알고 악용한 것이다.

이던이 내게 엄지 척을 보이며 촬영은 끝났다.

나는 양손을 맞잡아 하늘로 죽 뻗으며 기지개를 켠 뒤, 개운한 기분으로 화장실로 향했다. 그때 앰버가 잽싸게 내 앞을 가로막으며 내 귀에 속삭였다.

"숙녀야? 신사야?"

그러고는 셋이 깔깔대며 웃고 지나갔다.

그들은 그런 식으로 언제부터인지 모르게 미리 날을 갈아 준비해 놓은 칼을 품고 다니면서, 이 사람 저 사람에게 찔러댔다.

몇 번 수모를 당하고 나자, 무대응이 그들의 표적 밖으로 나갈 수 있는 최선임을 알게 됐다. 바라보는 방식을 바꾸고, 의식하지 않으면 속박되지 않고 자유로워질 수 있음을 터득한 것이다.

앰버의 다음 먹잇감이 된, 하와이 출신 라니^{Lani}는 모델 활동하면서 유대인 남자친구 권유로 슐라^{Shula}라는 이름을 썼는데, '평화'라는 의미가 있다고 했다. 본명 라니는 '천국'이라는 뜻을 가진다고 했지만, 앰버와 카밀라 때문에 평화가 무너지고 '지옥'을 경험했을 것이다.

이던은 작업실을 공유하는 여러 시진작가에게 동등한 대우를 해줬다. 하루는 이던이 야외 촬영으로 작업실을 비운 사이, 다른 사진작가인 챈스^{Channce}가 슐라와 한 팀이 되어 촬영했다. 챈스는 경험이 많지 않은 작가였기 때문에, 이던에서 전달받은 콘셉트를 정리한 종이들을 테이블 위에 두고 몇 번을 반복해서 들여다보며 촬영팀에게 지시했다. 슐라는 자신감 넘치는 베테랑이었다. 매번 사전 연습 없이, 촬영 당일 즉석에서 천재적인 자세의 기술을 보여왔다.

촬영팀이 우왕좌왕 어수선하게 돌아다니고 있을 때였다. 나중에야 알게 됐지만, 앰버 복화술의 희생양인 케일리가 앰버의 조종대로 콘셉트 종이를 바꿔치기한 것 같았다. 그리고 그 종이 복사본을 슐라에게도 전해주었고…. 란제리를 입고 발코니 테이블에 걸터앉은 슐라는 대담하게 다리를 벌리고 외설스럽게 유혹하는 자세로 촬영을 끝낸 후, 촬영진에게 편안한 표정으로 인사하고 갔다.

그다음부터가 문제였다. 입이 가벼운 챈스는 슐라에게서 '외설스러운 포즈는 자신 있어요.'라는 쪽지를 전달받았다고 동료들에게 소문내고 다녔다. 그 쪽지도 앰버가 썼다는 걸, 물잔이 엎질러져 버린 후, 그들의 은밀한 대화를 듣고 알았다.

슐라는 몇 달 동안 불명예스러운 뒷담화의 주인공이 되어야 했음은 물론, 주요 부위만 조개나 랍스터 등으로 가리고, 실오라기 같은 것들을 걸치는 사진만 찍게 되면서 모델로서의 가치가 추락했다. 또 앰버가 뒤에서 슐라가 욕하는 걸 들었다고 하여, 인성 논란에까지 휘말렸다. 회오리 중심에 서 있던 슐라는 태평하게 모르고 있었다. 오로지 주변인만 시끌시끌했다. 이미 슐라의 사진과 얼굴이 영상 속에 도배되고 변주되어 온라인을 통해 퍼진 후, 남자친구가 알려 주고 나서야 슐라는 오열했다.

슐라는 한동안 칩거한 후 의연하게 재기했는데, 기자와의 인터뷰 내용이 인상적이었다. 기자가 슐라 대신 미간을 모으며 물었다.

"가해자를 잡을 수도 없는 상황이라서 답답하실 텐데요, 이 자리를 빌려 가해자에게 하고 싶은 말이 있습니까?"

"……, 살림살이가 좀 나아졌습니까? 그렇다면, 혼자만 이기

적으로 호의호식하면서 살지 말고, 불우한 이웃 도우면서 사십
시오. 그리고 나눌 때 슐라의 딥페이크^{deepfake}*영상으로 번 돈이
라는 걸 꼭 밝히시길 바랍니다."

슐라는 평화로워 보였고, 앰버는 그런 그녀를 보며 뻔뻔하다
고 눈을 흘겼다.

42

앰버 무리가 탄 차의 제동 장치는 고장 난 것이 틀림없었다.

샛별처럼 나타난 완벽한 몸매의 신인, 젤다^{Zelda}는 카밀라의 꼬
드김에 넘어가 마약을 남용하다가 뒤늦게 극복했지만, 이던의
눈 밖으로 밀려나고 침체기에 빠졌다.

이번에는 리오나^{Riona} 차례였다.

총괄하던 이던이 바빠지자, 급기야 중견급의 다른 사진작가
도, 모델에게 정해진 콘셉트를 착각하고 촬영하는 지경에 이르
렀다.

리오나는 거의 매번 여왕같이 우아한 콘셉트로 촬영해 왔는
데, 앰버가 그에 불만을 품고, 슐라 때와 마찬가지로 콘셉트 종

....

* 이미지합성기술

이를 바꿔치기했다. 핏기없어 보이는 케일리가 리오나의 촬영장에 얼씬대는 걸 봤고, 나는 내 촬영 때문에 리오나가 어떤 의상을 입는지 몰랐다.

촬영이 다 끝난 다음 리오나의 사진을 보고 모든 기억 파편이 그러모아지면서 앰버의 소행임을 눈치챘다. 슐라만큼은 아니었지만, 부스스하게 머리카락을 꼬아 말아 올리고 가슴골이 훤히 드러나는 짧은 상의와 레이스만으로 된 바지를 입고 퇴폐적으로 보이는 화장을 한 리오나의 모습은 가히 충격적이었다. 리오나는 겉보기에는 도도해 보여도 꽤나 순종적이었다. 그래서 이상하다는 생각이 들었어도 묵묵히 촬영했을 것이다. 모델이 뒤바뀌었다는 사실을 알게 됐어도 결과가 만족스러워서인지, 이던이나 의뢰인 모두 문제 삼지 않았다.

그즈음부터 리오나는 고전적 위엄을 갖춘 콘셉트보다는 관능적이고 칙칙한 매음굴 같은 촬영 분위기에서 헤어 나오지 못하게 됐다.

깜찍한 외모의 몰리^Molly는 16살로 모델 중 가장 나이가 어렸다. 할리우드 영화 촬영장에서 단역 경험이 있어서인지, 나이에 비해 농염한 자세를 곧잘 취해서 이던이 아끼는 모델 중 한 명이 됐다.

앰버는, 이던이 총애하는 몰리가 몇 발짝 내디던 모델 행보 다리를, 끊어놓으려 작정했던 것 같다. 몰리를 경멸에 찬 눈으로 곁눈질하면서도, 걸핏하면 그녀에게 다가가 음료를 건네주거나 상냥스레 아첨했다. 몰리는 앰버의 가장된 친절을 순진하게 곧이곧대로 믿었다. 나는 몰리에게 앰버를 조심하는 게 좋을 거라고 슬쩍궁 충고했지만, 몰리는 오히려 날 깔보는 눈초리로 몇 초간 봤다.

앰버는 몰리를 자기들 무리에 끌어들이는 데 성공했다. 그리고 남성 모델 에이든^{Aiden}, 와이엇^{Wyatt}, 닐^{Neil}과도 몰려다녔다. 에이든은 촬영 장소 구석에서 앰버와 공공연하게 진한 입맞춤도 하던 사이였는데, 몰리는 그 사실을 몰랐던 것 같다.

회사에서 파티가 있던 날, 앰버 패거리는 몰리와 에이든만 남겨두고 자리를 피했고, 에이든이 몰리에게 술을 계속 권하더니, 만취가 된 그녀를 데리고 사라졌다. 이후 몰리와 에이든은 공식적으로 사귀는 사이가 됐다. 앰버는 몰리를 친동생처럼 아끼는 듯 대하다가도, 몰리의 등 뒤에선 시선이 싸늘해졌다.

수상한 점은 그것만이 아니었다. 몰리가 아프다며 촬영장에 나오지 못한 날, 3층 계단에서 에이든이 앰버 뒤에 서서 허리를 감싸고 앰버 옆 목에 얼굴을 파묻고 있는 것이 아닌가. 4층 촬영을 마친 나는 3층으로 내려가기 위해 계단 통로 문을 열었다가 목격했는데, 나도 놀랐지만, 그들은 화들짝 놀라며 떨어졌다.

앰버가 몰리에게 접근하고 나서 6~7개월 정도 지났을 때, 몰리에게 닥친 불행이 무엇인지, 앰버의 치밀한 계획이 무엇이었는지를 직감했다.

이던이 몰리의 자세가 날로 좋아진다며, 다른 모델들에게도 몰리의 자세를 눈여겨보라며 2층에 다 모이게 했을 때였다. 수영복 촬영이었는데, 몰리가 한사코 배가 아프다며 수영복을 못 입겠다고 했다. 건물 내에 의료팀이 상주해 있었는데, 모델이 아프다고 하니까 당연히 의료팀이 보러 왔다. 그러자 몰리가 안절부절못하고, 에이든을 애타게 쳐다봤다.

눈치 빠른 이던이 몰리의 눈길 닿는 곳으로 고개를 돌렸다. 귀까지 벌게진 에이든은 후닥닥 튀어 나갔다. 이던은 눈을 가늘게 뜨고는 일어나서 간호사에게 몰리를 데리고 5층으로 올라오라고 지시하고 엘리베이터를 탔다. 상업 예술가인 이던은 모델로서의 상품 가치가 하락하면 누구라도 냉담하게 저버린다는 걸 알았다. 그게 몰리를 본 마지막 날이 됐다.

43

나는 푹 꺼지는 한숨을 쉬며 말했다.

"삶이라는 눈먼 거대 흐름 속에서, 신중한 거리 두기와 중심 잃지 않는 보폭은 필수다."

"그건 누가 한 말인데?"

"삼촌 조카가 한 말입니다."

내가 성전환자라서 앰버의 공격을 가볍게 받을 수 있었던 거라면, 이중 정체성에 대해 고마워해야 할지 싶기도 했다.

그녀는 평범해 보이면서도 섭외가 빈번히 들어오는 모델에게는 난데없이 앞치마를 선물하면서 한 살이라도 젊을 때 빨리 결혼하라고 했고, 여성적 이미지가 강한 모델이 돋보일 때면 남성을 상대로 하는 직업이 낫겠다고 했다. 선한 인상의 모델도 거슬렸던 것 같다. 비슷한 느낌의 범죄자 얼굴 사진들을 고의로 모아서 뿌리며, "누구와 닮지 않았냐?" 능란한 웃음을 곁들여 묻고, 이러저러한 유형의 사람들을 피해야 한다며, 또렷한 발음의 묵직한 목소리로 교주처럼 설교하고 돌아다녔다. 도무지 이해할 수 없는 점은 그런 악녀 주변에 생각 없는 친구들이 많았다는 것이다. 독버섯을 에워싼 말벌 떼라면 조화롭다고 해야 하나.

질투심만 많은 게 아니었다. 일전에 슐라가 욕하는 걸 들었다고 앰버가 뒤에서 험담하고 다녔을 때, 슐라에게 직접 물어보고 욕한 적 없다는 사실을 확인한 의협심 강한 모델이 앰버에게 가서 따져 물은 적이 있었다. 앰버는 당황해서, "혼선돼서 다른 사람이 욕한 걸 잘못 들었나?" 하고 둘러댔지만, 그 후 의협심 강한 모델은 되레 앰버에게서 수난을 당해야 했다.

그런 식으로 누군가 그녀에게 입바른 말을 하면, 사람이니까 실수할 수 있다며 자기 잘못에 대해서는 변명하고 인정하려 들지 않으면서, 남의 말실수는 동등하게 관용을 베풀지 않고, 화가 풀릴 때까지 상대를 음해하고 다녔다. 인맥을 총동원해서 상대의 홍보 관계망을 통해 이미지 공격을 하여 정신적인 좌절감을 맛보게 하거나 휴대전화를 해킹하여 개인 정보를 유출하는 등등. 자기는 뒤에 숨어서 피해 보지 않으면서 상대의 가장 소중한 것을 훼손했다.

그녀는 자아도취형 인물로 조금이라도 체면 깎이는 일은 참지 못했다. 마치 한 인간의 몸에 침투해서, 검사하는 부위마다 감각을 가진 것처럼 눈치채고는 빠르게 피해 다니고, 눈 깜짝할 새 할퀴고 지나가 온몸을 점령해서 지옥에 빠뜨리는, 고등 미생물, 곰팡이 같은 존재라고 해도 과언이 아니었다. 면역력이 강한 인간이라고 해도, 한 번 붙잡히면 평생에 걸쳐 야금야금 몸이 쇠해지도록 싸워야 할 부류였다.

앰버는 심심해졌는지 촉각을 세우고 또 다른 대상을 물색하는 데 나섰다.

다음은 호주에서 온 베일라^{Vaila}였다. 베일라는 윤기가 자르르 흐르고 탐스러운 갈색 머리카락이 매력이었기에, 바람에 흩날리는 사진을 주로 찍었다. 이번에는 '암 환자를 위한 머리카락 기부' 광고 모델로 발탁됐는데, 가발을 쓰는 것이 아니라, 광고 촬영 중에 '실제의 머리카락을 절반쯤 자르고' 한 움큼 손에 들고 활짝 웃는 콘셉트였다.

베일라는 순응하지 않고, 사진작가 알렉^{Alec}에게 가발을 쓰고 촬영하게 해달라고 호소했다. 난처해진 알렉은 이 일을 이던과 상의했고, 이던은 베일라의 머리카락으로 벌어들이는 수입이 적지 않았기에, 콘셉트 종이를 재확인하게 됐다. 이던은 그제야, 의뢰인과의 계약 조건에 적힌 내용을 비교했다. 거기엔 '가발이 아니라, 실제 머리카락이어야 한다.'라는 조건이 없었다. 이던은 자기의 수입원이 얼마간 줄어들 뻔한 것에 대해 노발대발했다. 이후 콘셉트 종이에 장난질하는 사람이 발각되면 당장 계약 해지하겠다고 엄포를 놨다. 깐깐한 베일라는 무사할 수 있었다.

앰버는 자기의 필살기를 더는 이용할 수 없게 되자, 얼마 동안은 잠잠히 지내는 듯했다. 아마 그때 대안을 궁리하고 있었을 것이다.

베일라 사건 두 달 후, 허리까지 내려오는 흑발의 예리엘^{Yeriel}이 팔을 심하게 다치는 사고가 일어났다. 빨간 이브닝드레스를 입고 팔을 뒤로 뻗어 바닥에 거의 드러눕고 무릎을 세워 모으고 천장에 달린 조명을 바라보는 자세였는데, 조명이 갑자기 떨어졌다고 했다. 예리엘은 두 팔로 얼굴을 가려서 다행히 얼굴은 다치지 않았다. 하반신 곡선을 따라 촛불을 켜놓았기 때문에 화재로 이어질까 봐 옆으로 구를 수도 없었다고 했다. 그 사고로 모두 할 말을 잊은 채 불안에 떨어야 했다.

나는 두 사건 배후에 앰버가 있지 않았을까 미심쩍었다. 언젠가 앰버가 남자 모델들에게 했던, 근거 없는 말이 생각났기 때문이다.

"너희들, 여기 있는 여자 모델 꼬시고 싶으면, 머리 긴 애부터 접근해 봐. 긴 머리 여자들이 성생활을 즐긴대."

"너도 머리 길잖아. 너부터 꼬셔볼까?"

한 남자 모델이 앰버에게 팔을 비비며 추파를 던졌다. 앰버는 자기 머리카락 길이도 길다는 걸 깜빡했는지 얼버무렸다.

"아니, 예외는 있는 거고. 나보다 더 긴 머리……."

여태까지 촬영 중에 모델이 크게 다친 일이 없었기에, 안전사고를 대비해달라고 이던에게 항의하는 소리가 커졌다. 여전사 인상을 풍기는 베로니카^{Veronica}가 나섰다. 1층부터 4층까지 CCTV를 달자고 건의했다. 이던이 금전 문제로 망설이자, 모델의 안전 문제를 소홀히 하는 회사는 그 책임을 다하지 않은 결격 사유가 있으므로, 모델 측에서 계약 철회를 요구할 수 있으며, 소속사를 옮기겠다고 강력하게 항변했다. 거기서 그치지 않고, 이번 사건의 진상을 규명해달라고 쏘아붙였다.

이던은 광고계의 큰손이 베로니카를 모델로 쓰길 원했기에, CCTV를 설치하겠다고 약속했다. 진상규명에 대해서는 회피하려는 기색이 역력했다. 그저 시설이 노후되어 그렇다며, 시설 점검 인원을 배치하겠다고 선을 그었다.

나는 앰버 악당의 고약한 계략에 치가 떨렸던 만큼, 이던에 대해서도 점점 실망했다.

이던은 자신의 사업 이익과 명성에 해가 되지 않는다면, 모델 인성이야 어떻든 무심했다. 몰리만 내치고 에이든을 그대로 활동하게 두었으니 말이다. 콘셉트를 정할 때도 회의 없이 통보하는 식으로 모델 의견은 묵살했다. 매사 즉흥적이고 엉뚱할 때도 있었다. 그렇다 보니 이던 방식에 적응한 대부분의 모델은 촬영장에서 종이로 콘셉트를 전달받고 자세를 취했다. 슐라와 리오나처럼 모델 경력에 심각한 타격을 입는다고 해도, 매출에 지장이 없으면 개의치 않았다. 모델을 인격체로 대하는 것이 아니라, 소도구의 하나쯤으로 여기는 것 같았다. 광고가 성공한 모델의 경우, 전리품으로 승격시키고 한 달간 1층 벽면 큰 액자에 가두어 회사를 홍보했다. 결과적으로 앰버와 다를 게 없는 인간이었다.

44

거침없던 앰버가 이번에는, 눈엣가시였던 모델이 찍는 광고 콘셉트를 미리 경쟁사에 흘려서, 결과적으로 모방 광고가 되게 만들었다. 보안을 유지하지 못한 책임으로 인해, 광고주에게서 계약 해지와 함께 위약금 분쟁에 말린 이던이 가만있을 리가 없었다. 경찰까지 동원해서 경쟁사에 자료를 넘긴 인물을 찾아냈고, 앰버는 모델계에서 영구 퇴출당해야 했다.

악녀 앰버가 은퇴하는가 싶더니, 이던의 광기가 모델들을 쪼

아댔다.

시티 사파리룩 콘셉트로 야외 촬영하던 날이었다. 뉴욕에서 캘리포니아까지 6시간가량을 날아가 샌디에이고 주에 있는 사파리 공원에 도착했다. 사파리 공원은 아프리카의 대자연을 옮겨다 놓은 듯했다. 그 속에서 자유로이 거니는 동물들을 보니 아프리카로 여행 온 착각이 들었다. 나를 포함한 여자 네 명, 남자 세 명의 모델들은 차 안에서 의상을 갈아입고, 밖으로 나와 서성거리며 대기하고 있었다.

그런데 갑자기 이던이 촬영진에게 콘셉트를 변경하겠다며 고래고래 소리를 질렀다. 우리는 화장, 머리 손질까지 다 끝낸 상태라서 당황했다. 루카스가 이던에게 뛰어가서 얘기를 나누는가 싶더니, 고개를 떨구고 돌아와서, 모든 촬영진에게 전했다. 새 콘셉트는 '동물적인 본능'이란다. 그러면서 의상을 부분부분 자연스럽게 찢으라고 했고, 화장과 머리 손질도 콘셉트에 맞게 수정하라고 지시했다.

우리는 혀를 내두르며 자동적으로 이던을 쳐다봤는데, 코끼리 두 마리가 관계하는 모습을 카메라에 담고 있었다. 이던은 위험천만하게 밀착 촬영하려고 가까이 다가갔다. 그때 수코끼리가 화가 났던지 이던의 카메라를 코로 낚아채 바닥에 내동댕

이치며 난동을 부리기 시작했다. 아찔한 상황이었다. 이던은 득달같이 어디선가 장총을 꺼내 들고 수코끼리를 쐈댔다. 수코끼리가 쿵 하며 땅에 쓰러지자, 암코끼리까지 굉음을 쏟아내기 시작했다. 그리고 땅이 울리고 먼지가 자욱하도록 거센 몸부림을 쳐댔다. 동물원 안내원은 전원 차에 올라타도록 급박한 지시를 내렸다. 이던은 끝까지 고집을 피우고 코끼리 두 마리를 향해 번갈아 총을 갈겨대며 뒷걸음질 쳤다. 총알이 떨어지자 그제야 가까운 차량으로 몸을 날렸다. 우리는 촬영을 포기해야 했고, 동물원으로부터 영구적인 입장 거부를 당해야 했다. 그리고 동물원과 동물 보호단체는 이던을 상대로 소송을 제기했다.

"어휴, 나쁜 자식. 동물이 무슨 죄야. 코끼리들 죽었을까?"
삼촌은 방송을 볼 때도 동식물 관련 다큐멘터리를 즐겨 봤다.
"그러게요. 인간이 위험해진다고 하면, 무조건 동물을 사살해서 끝을 내버리려는 게 참 안타까워요. 알고 보면, 동물이 갑자기 사냥감으로 인간을 공격하는 일은 흔치 않아요. 반려동물로 함께 생활하던 침팬지가 주인이 초대한 이웃의 얼굴을 가격하는 등, 이런저런 일이 한 번씩 터지는 데에는 분명 도화선이 있을 텐데, 직접적인 원인을 찾아보려 하지 않죠. 그 이유에 대해 생각해 봐야 할 것 같아요. 삼촌은 코끼리가 난폭해진 계기가 뭐라고 생각하세요?"

"그건 생각해 보질 않았는데…, 그래, 너도 봤잖아. 저 자식이 코끼리들 사랑하고 있는데 알짱알짱 방해한 거. 사람들끼리도, 몰두하고 있는 일이 있는데, 계속 신경 거스르면 화날 수 있잖아."

"네. 저도 같은 생각이에요. 특히 소통이 어려운 대상, 상대를 알지 못하는 상황에서는 신중한 거리 두기, 배려심, 존중하는 태도를 더욱더 드러낼 필요가 있는데, 그게 부족했다고 생각해요. 인간은 공통 언어로 약속한 규율이라는 게 있어서, 둘만의 공간을 찾아서 사랑을 나누지만, 동물은 어딜 가겠어요. 동물에겐 탁 트인 자연이 집이고 하나의 공간인데…. 그런 행위를 대놓고 보고 있다면, 굉장히 불편한 감정이 들 것 같아요. 동물이 인간과 다른 소통 방식을 갖고 있어서 표현 못 한다뿐이지. 아, 참을 만큼 참았다가, 결국 표현한 거라고 봐야겠죠? 조금 더 사고의 폭을 넓히자면, 같은 인간끼리도, 공감 능력 부족하고 이성이 감정을 제어하지 못하는 사람과의 대화는 사나운 동물과 한 장소에 있는 상황을 초래할 수 있어서, 말을 아끼고 신중해져야 한다는 거예요. 말을 아끼더라도 미안하다, 고

맙다는 말은 충분히, 적절한 때를 놓치지 말고 해야 할 것 같고
요."

45

화려한 무지갯빛 모델 생활을 꿈꿨던 나는 물신주의에 젖은
이던의 작업실에서 언제부턴지 모를 빛바랜 적막함이 감도는
걸 느꼈다.

27살, 모델 생활 11년 차가 되던 해는 몸이 자주 아팠다. 동
료 모델 중 수술 후 패혈증 걸리고 마약성 진통제를 달고 사는
사람도 있어서, 난 수술 후유증이 뒤늦게 찾아온 게 아닌가 싶
었다.

하루는 열이 나고 오한을 느껴서 집에서 쉬었다. 하필 아스피
린도 떨어져서 3~4시간을 누워 끙끙대다가 약국을 찾아갔다.

처방전 없이 구입할 수 있는 해열진통제가 있는 진열대가 바
로 보이지 않았다. 몸이 천근만근인 데다 점점 정신이 혼미해져
서 글이 눈에 들어오지 않고 비슷비슷한 곳을 맴돌았다. 다른
사람이 보기에는 멀쩡하게 걸어 다니고 있는 듯해도, 멀쩡한 게
아니었다. 내 정신력 끝자락을 잡고 버티고 있었다. 잠시 진열
대에 손을 짚고 짧고 가쁜 숨을 내몰고 눈을 감고 있었는데, 버

럭 하는 소리가 났다. 눈꺼풀을 힘들게 치뜨고 앞을 보니, 남녀가 카트를 사이에 두고 싸우고 있었다.

"내가 카트 밀러 온 네 하인인 줄 알아?"

"무거운데 남자가 밀어야지. 여자는 약자야. 약자를 보호해 줘야잖아. 그리고 넌 날 사랑하지 않는구나?"

"거기서 사랑이란 말이 왜 나와? 무거우니까 함께 밀어야지. 미는 시늉이라도 해야 하는 거 아니야? 어떻게 된 여자애가 모성애라는 게 없어? 매사 이기적이고. 넌 여기 산책하러 온 애 같아."

"남자가 참, 말 많네."

여자가 느닷없이 카트를 발로 한 번 탁 차고 휙 가버렸다. 남자는 투덜대며 카트를 밀고 여자를 따라갔다.

이중 정체성을 겪었던 나로서는, 기운이 없어서 더 그랬을 수도 있고, 그들의 성 역할 분담에 대한 논쟁이 덧없는 환영(幻影) 같았다.

지난번 촬영한 콘셉트 '진정한 아름다움'이 생각났다. 나와 또 다른 남성, 여성에서 남성으로 성전환한, 모델이 함께 섰다. **상호 조화로움, 서로 돕는 마음**이 알맹이 '본질'이고, 성(性) 구별, 겉모습은 껍데기 '실존'이라는 개념으로 여러 표정을 담아 연출했다. 당연히 그런 연출을 할 수 있는 사진작가는 이던이 아니라 신인 작가였다. 조명은 루카스가 맡아서, 음영의 의미가 충분히 묻어나는 흑백 사진의 최고봉을 보여줬다. 그 촬영 이후, 이런 생각이 들었다. 인간은 실존, 외형, 포장에 열광하는 사회가 되고부터 병들기 시작했던 게 아닐까, 하는.

약을 사 먹고 저녁 일찍 자기 시작했는데 몸이 축 늘어졌고 온몸에서 통증이 느껴져 입이 절로 벌어지면서 밤새 신음이 끊임없이 나왔다. 입안이 바짝 메말라 서걱서걱 소리가 났다. 새벽에 네 번이나 깨서 물을 마셨는데도 소변이 거의 나오지 않았다.

폭풍우가 휘몰아치고 지나간 것 같은 밤을 보내고, 아침 7시 정도 돼서야 통증이 가라앉았다. 그때 엄마가 도착했다.

간호사인 엄마가 전화로 내 초기 증상을 듣고, 휴가를 내고는 브라질에서 바로 출발하는 항공편으로 15시간 만에 날아온 것이다. 엄마는 내게 수액부터 놔줬고, 기다리는 동안, 올해 들어 자주 아프다고 하니까 몸 상태가 어떻게 변했는지를 물었다. 그러고 나서 피검사를 해보는 게 좋겠다며 검사 의뢰할 수 있는 웹사이트 랩콥^{Labcorp}을 찾았는데, 나는 회사 의료팀에 말하는 것이 빠를 것 같다고 했다. 전신 통증이 가라앉아서 다음날 회사에 가서 피검사를 받았다. 결과가 나오는 동안, 엄마는 집에서 내 영양과 위생 문제를 점검했다.

집에 가니 11년째 쓰던 침대 매트리스가 새것으로 바뀌어 있었다. 베개, 이불 홑청도 세탁되어 있었다. 먼지가 켜켜이 쌓인 카펫은 사라졌다. 엄마는 내가 아픈 이유로 먼지, 미생물 감염 등을 의심했던 것 같다. 현관에서 신발을 벗고 집 안에서는 슬리퍼로 갈아신고 다닐 수 있는 바닥재로 바꾸는 것에 대해 의논했고 엄마 말대로 따르기로 했다. 수돗물을 마시고 있었는데, 정수기 임대하는 게 어떻겠냐고 하여 그러기로 했다.

다음 날 피검사 결과가 나왔다. 혈소판, 염증 수치는 거의 정상범위에 들었고, 약간의 빈혈이 있었다. 엄마는 내 면역력이 그만큼이라도 싸워서 이겨낸 결과라고 하면서, 면역력이 떨어지면 건강한 사람에 비해 병을 떨쳐내기 힘드니까, 영양을 골고루 신경 써서 먹으라고 당부했다.

환경을 바꾸고 식습관을 개선하고 나니까, 점차 아픈 횟수가 줄어들었다.

28살 되던 해, 이던과 계약 연장하지 않고, 프리랜서로 독립했다.

루카스 소개로 나와 정체성이 통하는 사진작가 랜스^{Lance}와

일하면서 그와 결혼까지 하게 됐다. 그의 이름이 성전환 이전의 내 이름과 똑같아서 놀랐던 것뿐만 아니라, 나와 또 하나의 큰 공통점을 갖고 있음을 알고 운명처럼 가까워졌다. 그의 15살 때 사진은 이전의 나, 랜스와 너무도 닮아 있었다. 앞니가 벌어졌음에도 자신감 있게 혀를 이 틈 사이로 내밀고 찍은 사진……, 지금 저 벽에 걸린 사진이 그와 나를 맺어주었다.

결혼하고 1년 후, 그는 교통사고로 숨졌다. 당시 영혼의 반려자를 잃은 충격으로 나는 실성한 듯 비통해하며 그의 유품을 전부 소각했다. 저 사진만 남겨두고.

내 안에는 랜스와 비앙카가 있다. 이 본질은 영원할 것이다.

회전목마

46

"은우야, 생각해 보니까 우리가 요즘 영양식을 너무 안 먹었더랬지? 배달 음식 말고 집에서 뭐 만들어 볼까?"

"두부 덮밥 어때요? 두부, 채소 볶아서요."

"오, 그게 좋겠다. 간편하니…."

삼촌은 김치찌개를 맡았고, 내가 두부와 채소를 볶기로 했다. 삼촌과 나는 음식 조리 과정에도 쉴 새 없이 대화를 나눴다.

"삼촌은 건강검진 언제 받으셨어요?"

"올 초에 했지. 넌?"

"전 작년에요. 심혈관 쪽 안 좋으시다고 했던 건 좀 어떠세요?"

"완치되기엔 너무 늦어버렸어. 몸 상태에 따라 좋아졌다 나빠졌다 그래."

"그러시구나…. 저런 모델계만이 아니라, 의료계도 실존주의 영향을 받아서, 너무 물질, 성과, 결과 중심이 된 건 아닐까요?"

"하하, 거기에도 철학 개념을 갖다 붙이시겠다?"

"할 말 많으니까, 인내심 갖고 끝까지 들어주세요. 대한민국의 정기 건강검진 장점이 질병 조기 발견이라고는 하지만, 아주 기본적인 것만 '형식적'으로 하다 보니, 개인에게 특화되어 있지 않은 것 같아요. 좀 이상한 점이 있어서 재검받았을 때, 심각한 '급성 중증 관련 자료'만 비교해서는, 경증은 환자로 생각하지 않고, 진행 과정을 가벼이 여겨버리는 것 같아요. 그러다 보니, 만성 질환이 되고, 초기 증상 자료가 축적될 수 없는 건 당연해요. 병이 다 진행된 다음 확연히 드러나야 그때부터 제대로 봐주려는 것 같아요. 개인에게 고통을 주는 연명치료보다, 그렇게 되기 전, 건강을 잃지 않도록 도와주는 게 중요한데…. 반면, 본질에 치중한다면, 개개인의 영양, 건강 상태의 흐름을 관찰하고 추적해서 삶의 질을 높여주려고 노력할 텐데 말이죠. 개인별 평생 주치의 진료 시대가 오긴 할까요?"

"그럴 수 있겠어? 한 환자와 오래 상담할 여건이 안 되는데? 연명치료 받으러 병원 가기 전에, 개인이 자신을 잘 관리하고 사는 법을 가르쳐 주는 게 낫지 않을까? 무슨 일이든 남의 손에 맡기는 순간, 형식적으로 될 수밖에 없어. 의료계에 쏟는 고정적인 막대한 지출을, 개인 보건·돌봄 교육 강화에 나눠 쓰는 게, 결과적으로는 헛된 검사료 지출이 줄어들게 하는 방법 같기도 해. 네 말대로 개인 삶의 질도 높아지게 하고. 하긴 그래서 방송이나 온라인에서 각자가 아픈 곳과 관련한 정보를 찾아 듣고 병원 가서 검사해 보고 싶어도, '환자가 검사해 보고 싶다고 검사하는 게 아니다, 의사가 판단해서 지시하는 거다.'라고 하잖아. 병원에서는 권위에 도전한다고 여기는지 아주 정색하면서 환자 말을 경청하려 들지 않고 부정부터 하니까, 그것도 문제야. 그리고 큰 병원에서 오진했는데도 그 정보로 계속 공유하다가, 때 놓치는 예도 있고."

"환자로서는, 어디가 불편해서 왔냐는 질문에 대한 대답을 정리해서 말하는 것조차 힘든 상태일 거예요. 의사는 그런 환자를 연민으로 대하고, 공부할 수 있는 혜택을 받은 자로서 어렵게 습득한 의학 지식으로 **'도움을 주려는 마음'**으로, 환자 말을 경청해 줘야 하는데, 무시하고 불신한다면…, 말하고 있어도 정신이 고통에 눌려 온전하다고 할 수 없는 환자와 설전을 벌이려 하면, 치료가 어렵겠죠. 병원에서 환자 말을 부정하는 이유는, 지금까지의 의학에서 정리한 대표 증상, 급성 중증 자료만 증상의 전부인 것처럼 배우고 적용하기 때문인 것 같아요. 지푸라기라도 잡고 싶어서 자기 증상과 유사한 것 같은 정보를 애써 찾아 들고 간 환자가, 의사 앞에서 의학 지식을 뽐내려고 했을까요? 아니죠. 환자는 '하루라도 빨리, 중증으로 가기 전에 조기에 치료해서, 건강하게 활력을 되찾고 싶은 마음' 뿐이에요. 값싼 동정 받으면서 힘들게 살아가고 싶은 게 아니라고요. 그런데 그런 마음에 공감하지 못하고, '그런 지식이 있으면, 당신이 의사하지?'라는 식으로, 환자가 잘난 척한다고 오해하곤 말을 자르거나 권위 의식 갖고 자기 지시대로 무조건 따르라는 사람도 있는 것 같더라고요. 치매 환자라도, 치매 걸리기 전에 잘 쓰던 기능은 치매 걸린 후에도 잘 쓴다는 거 아세요? 그만큼 아무리 환자가 말을 술술 내뱉고 있더라도, 당시 정신이 온전하지 않은 상태라는 걸 알아줘야 해요. 그리고 아픈 원인을 밝히려는 의지가 있다면, 환자 말에 귀 기울이고 적극적으로 수용해서, 환자가 먼저 검사하고 싶은 곳부터 검사하도록 해서 의혹을 없애줄 거예요. '환자는 수십 년 동안 자기 몸을 관찰해 온 경험자'니까요. 특히 비급여 항목 검사는 환자의 의견을 우선 존중해 줘야 하지 않을까 해요. 환자에게 전

액을 부담시키는 거잖아요. 의사가 면허에 대한 자신감이 있는 건 좋죠. 환자에게 신뢰감도 주고. 하지만 초점과 접근 방법이 잘못되고, 과거 건강검진 자료에서 몸이 보내온 미세한 신호를 놓친 결과에 따라 조기 치료가 안 돼서 만성으로 진행되는 경우가 있다는 사실을 겸허히 받아들이면 좋겠어요. 현재의 의학이 절대 완전하지 않다는 점도요. 검사 결과는, 환자 몸이니까, 환자에게도 눈으로 확인시켜 주면서 상세히 설명해 주고, 건강 염려증 등, 정신적인 문제로 치부해 버리지도 말아야 할 거예요."

"은우가 쌓인 게 많은가 보네."

"그럴만한 일이 있어요. 제가 아는 사람 중에, 타들어 가는 통증과 부분 마비 등 감염 의심 증상이 있는데, 진단 내릴 수 없는 검사 수치가 나오고 있는 사람이 있어요. 중요한 건, '몸이 완전히 정상이라서 정상 수치가 나오는 게 아니라, 항상 면역력으로 나쁜 균과 싸우고 균형을 유지하고 있어서, 검사 수치가 정상범위 내로 나오는 경우'인 거예요. 그런 사람들 꽤 있을걸요? 언제나 미열이 있는 사람들은 분명 몸 안에서 전쟁 중일 거라고요. 그 친구가 언젠가 힘들 정도로 발병했을 때가 몇 번 있었나 봐요. 당장 고열, 오한, 극심한 통증 때문에, 급한 불끄려고 진통소염제, 항생제 처방받아서 먹고 3~4일 앓고 난 후 검사받았대요. 그러니 그때도 정상 수치에서 크게 벗어나지 않았던 것인데, 검사 결과상 큰 이상 없으니까 대수롭지 않게 여기더라는 거죠. 중증까지 가기 전에 그 친구 면역력이 이겨내고 빠른 회복력으로 나온 수치일 텐데…. 그럴 때는 정말 **아주 미세한 수치가 큰 열쇠가 된다는 걸** 병원에서는 **간과한다고** 답답해하더라고요. 여유롭게 검사부터 받고 약 먹는 순서를 지키려고 고통을 더 참았어야 했을까요? 제대로 된 판단을 할 수 없을 만큼 정신이 혼미한 상태였다는데? 검사받은 후로도, 타들어 가던 통증을 동반한 부분 마비는 점차 나아지고 있지만, 마비됐던 부위의 피부 내층이, 수분이 다 말라버려 착 달라붙은 듯, 수축하고 심하게 당기는 통증과 흰 점이 섞이며 벌겋게 피부가 변하고 마비 부위 아래로 혈액 순환이 안 돼서 붓고… 한다는 건, 건강염려증이 아니잖아요. 그 친구가 거울 보면서 '아픈 다리만 빨갛게 만들어 줘~.'라고 주문을 걸었겠어요? 환자 몸에서 보내는 신호를, 원인 불명이라고 단순히 환자의 심리와 정서 문제로 덮어버리려는 건, 너무 무책임하지 않을까요? **아픈 과정은 무시하고,** 검사 결과 수치조차 세밀하게 따지지 않고 대충 판단하면, 언제까지고 적확한 치료는 할 수 없을 거예요. 그리고 패혈증이 급성 중증만 있는 게 아니잖아요. 세균 말고도 곰팡이 패혈증도 있고, 수십 년 몸 안에 있다가 면역력 균형이 깨지면 발병할 수 있는 건데. 몸 안에 있는 원인균을 찾아내서 죽여야 하는데, 지켜만 보고 있다는 거예요. 그 친구가 나이가 더 들어서 면역력이 무너질 때 급성 중증 패혈증으로 발병해야 봐주려고 기다리는 걸까요? 아니면, 한창 활동적으로 일할 수 있는 나이에 건성으로 봐주다가 만성 질환으로 만들어 삶의 질을 떨어뜨려 놓고, 늙어서는 노환이라고 하며 죽을 때가 됐다고 하려나 봐요. 물론 증상이 애매해서 병원에서도 진단을 못 내리는 것일 수 있지만, 한편으로는 급할 게 없으니까 뒷짐 지고 개인의 면역력에 맡기고 하세월 두고 보는 것 같더라니까요. **결과 중심 의료 체계의 허점**이라는 게 그런 거더라고요. 균이 한 군데 머무르지 않고 빠르게 여기저기 옮겨 다니고, 그렇게 면역체계를 수십 년 끊임없이 가동하니까 늘 미열이 있고 전신에 이상 증세가 나타나고 부분 마비도 오고 전신 피부색이 누렇게 뜨고 얼룩덜룩해지고 정신력 하나로 버티고 있는데, 병원에서는 오히려 영양, 약 부작용 또는 상세 불명, 스트레스, 우울증 등으로 오진한다면, 얼마나 지칠까요."

"현재 의학 지식과 증상이 일치되지 않으면 진단 내리지 못하니까 의사로서도 답답하겠네."

"이해가 전혀 안 되는 건 아니에요. 그 친구가 워낙 열정적이고 내면이 긍정적이라서, 그 정도로 이겨내고 있다는 걸 전 아는데…, 자기 이전에 자기 같은 병증의 '초기 표본'이 없었기 때문인 것 같다며, 체념하고 있어요. 젊었을 때 자기 몸을 너무 돌보지 않았다고 후회하고 있고요. 안타깝죠. 요컨대, 피상적인 '결과 중심 의료 체계'가 '삶의 질을 높이고자 하는 환자의 과정 중심 욕구'를 해소해 줄 수 없는 실정이라는 거예요."

"네 말도 일리가 있어. 그런데, 자기 몸 돌보는 일은 뒤로하고, 의료 봉사하느라 과로하는 의사, 간호사 많잖아. 일반 병원에서도 환자보다 안색이 더 안 좋아 보이는 의사도 있고. 환자 한 명 한 명 모든 에너지를 쏟다 보면, 어떻게 될까? 하루만 일하고 말 것도 아닌데. 또 다르게 생각해 보면, 의사라고 적당히 일하고 개인적으로 행복하게 살고 싶은 욕구가 없겠어? 애써 오랜 기간 공부했는데…."

삼촌은 말을 끝내고, 뿔테안경 위로 보이는 회색 숯등걸 같은 눈썹을 장난스럽게 올렸다 내렸다 하며 내 반응을 살폈다.

"오랜 기간 공부할 수 있었던 것도 어떻게 보면 특혜예요. 특혜를 받지 못해서 평생 중노동에 시달려야 하고 질병과 사고에 빈번히 노출되는 사람도 있는데, 그걸 평생에 걸쳐서 너무 누리려고만 들면… 그건, 부조리 아닐까요? 뭐, 인간의 욕심이란 게 이해가 되니까 더는 할 말이 없어지네요. 어느 분야에 종사하든, 미리미리 과로하지 않게 쉴 때 쉬게 해주고 건강 관리 잘하면서 아프지 않았으면 좋겠어요."

"그 모든 대안은 어렸을 때부터 성공 중심 교육이 아니라, 타인과 기관에 맡겨버리는 돌봄 교육도 아니라, **자기 돌봄 교육**을 받는 거라고 본다. 어려서 못 받았으면, 성인이 되어서라도…. 그리고 왜 배워야 하는지 이유를 설명해 주고 가르쳐 주면 좋겠어. 이유를 알면 필요성을 느끼게 되고, 배우려는 자세가 달라지니까. 바로 그런 교육을 받는다고 해도, 습관이라는 게 있어서, 수치상으로는 달라지는 게 드러나지 않을 수 있겠지. 하지만 멀게 내다보면, 분명 교육이 지금과는 달라져야 해. 여태 비정상적으로 높여서 그만큼 따라잡기 힘든 경제 지수보다는, 이제 **국민의 행복 지수**를 높이는 데 더 관심을 기울여야 하고. 행복해지면 무언가 찾아서 하게 되잖아."

"네. **행복을 저해하는 과도한 이기심을, 이성으로 정화하는 철학**도 필요하고요."

저녁 식사를 마치고 삼촌은 시나몬^cinnamon 차를, 나는 맥주를 마시면서 회의했다. 검은색, 파란색, 두 개의 폴더만 남겨두고 있었다.

"삼촌, 영상들 보시면서 할아버지께서 주신 숙제를 풀 실마리를 찾으셨어요?"

"아니, 그걸 제가 어찌 알겠습니까? 철학 박사님 생각은 어떠신지요?"

"박사 '할아버님'의 의중인지라, 박사는 아직 그 경지에 이르지 못하였습니다. 정말, 아직 감을 못 잡겠어요."

47

"어르신, 블록쌓기는 그만하고 산책하러 가실까쇼? 요?"

요양보호사가 휠체어에 앉은 남성에게 샌 발음으로 묻자, 로봇은 무선 헤드셋으로 실수한 발음 형식 그대로 통역하여 전한다. 헤드셋으로는 아랍어, 모니터로는 영어로.

죄 없이 내팽개쳐진 블록을 향해 끓어오르던 남자의 눈에서 불의 기운이 스러진다. 남자는 고개를 짧게 가로젓는다.

"그럼, 공놀이할까요?"

요양보호사가 손짓으로 공을 던지는 모습을 보여 주며 미소

짓는다.

남자의 굳게 다문 입술에서 힘이 사르르 풀린다.

'눕고 싶소.'

모니터로 말한 남자는 건강한 두 팔로 휠체어를 이동한다. 키 191cm, 몸무게 95kg인 남자는 요양보호사 도움 없이 침대 옆으로 다가가서 휠체어 잠금장치를 잠근다. 건강한 왼쪽 다리, 두 팔로 거뜬히 침대 위로 옮겨 앉고는 눕는다.

요양보호사는 남자에게 이불을 덮어주고 나서, 휠체어를 가지런히 놓고, 의족을 침대 옆으로 옮겨 놓는다. 그러고는 바닥에 떨어져 있던 블록 몇 개를 주워서 탁자 위에 있는 블록과 함께 상자에 담아 정리한 후 방을 나서며 인사한다.

"어르신, 편히 쉬세요."

"쉬세요."

"나디아Nadiyya, 조금만 더 있다 가요."

나디아는 지중해 빛깔의 히잡 속에 매끈한 구릿빛 얼굴을 가둔 채 하얗고 가지런한 치아를 드러내며 웃는다. 촉촉한 눈망울이 이내 흐려진다.

진통제 취기로 잠이 먼저 몰려온 건지, 나디아가 먼저 사라진 건지 모르겠다. 나디아는 간호사다. 내가 이 병원에 오고 그녀를 처음 봤을 때, 난 우주에서 날아든 교신을 받았다. 그녀가 나를 위해 지중해 옆 나라, 내 모국 레바논^{Lebanon}에서 이곳 필리핀 세부^{Cebu}까지 오게 된 건…, 이렇게 될 일이었다고.

내 이름은 다다 헤르멜^{Dada Hermel}, 레바논 헤르멜 주에서 태어났다. 민간인 학살을 서슴지 않는 내전이 전염병처럼 퍼지고 있을 때, 그때가 20살이었던 것 같다, 베이루트^{Beirut}에서 배 타고 필리핀으로 숨어들었다.

생계를 위해 바로 할 수 있는 일은 거의 정해져 있었다. 나는 육체노동 중 주로 건설 현장에서 막노동했다. 그러다 인대가 늘어나면 좀 쉬면서 건물 청소나 그릇 닦는 일용직을 전전했다.

내 재산은 건강한 신체, 긍정적인 정신, 근면·성실한 생활 습관이었다. 내뱉은 말을 꼭 해내는 것도 무기가 됐다. 다행히 영어를 할 줄 알아서 정착하는 데 전반적으로 어려움이 없었다.

이성을 잃고 분노의 총구를 누군지도 모르는 수많은 난민에게 난사하는 장면, 폭탄이 터져 신체 일부가 이리저리 흩어지는 모습을 눈 뜨고 목격한 적이 있나? 생사를 넘나드는 군상들이 겹겹이 더미를 이룬 땅, 피의 포말로 끈적하고 질척해진 땅을 밟아본 적이 있는가? 그런 땅을 벗어났을 때, 억척같은 의지는 부산물로 자랐던 것 같다.

새 삶에 대한 의지를 알아본 사람들이 던진 동아줄을 잡고 나아가다 보니, 해마다 형편이 더 좋아졌다. 하지만 동아줄 가운데에는 튼튼한 동아줄만 있는 것이 아니었다. 믿고 잡은 줄 하나로 그간 쌓은 노력이 허사가 되는 일이 생겼다.

48

마크 리오 크루즈^{Mark Rio Cruz}와 파멜라 크루즈^{Pamela Cruz} 부부는 용역 회사 공동 대표였다. 내가 그들을 마닐라^{Manila}에서 만났을 때가 42살이었던 걸로 기억한다.

내게 관리자 직책을 맡겼지만, 정작 관리자로서 했던 일은 출퇴근 기록 외엔 없었다. 세부에서 수십 년을 건설 현장 막노동, 대형 건물 청소 등의 고된 업무를 주로 해왔기 때문에, 마닐라에서의 생활은 상대적으로 편했고 아주 만족스러웠다.

정부 관료의 전폭적인 지원으로 선행(善行) 기업이라는 대대적 홍보를 하게 되면서 거액의 투자금을 받고 단기간에 회사 규모가 커졌다. 거미줄 같은 밑밥망이 되어 준 건, 무료 대여 마케팅이었다. 당장 거처 마련이 갈급했던 난민은 크루즈 부부 회사로 몰려들었다. 생활에 필요한 필수 기자재를 무료로 대여해 줬기에, 인부들은 고민하지 않고 뒤뚱뒤뚱 발걸음을 재촉했다.

동정심 많아 보였던 그들은 유독 난민에게 관심이 많았다. 회사로 찾아오는 사람이 있으면 앉은 자리에서 벌떡 일어나 성큼 다가가 거친 손을 붙잡아주고 얼싸안으며 다독여 줬다. 그러고 나서 일꾼의 거처 마련뿐 아니라, 돈을 맡기기 위해 돈을 내야 하는 필리핀 은행 특성상, 그들을 대신해서 차명 계좌를 만들어 급여 관리까지 해주는 등, 부부의 세심함은 각별했다.

세부에서 일할 때 많이 다치기도 해서 번 돈을 치료비로 거의 썼던 만큼, 이곳에서는 늦게나마 재산을 모으고 싶었다. 그래서 부부가 주식으로 돈을 크게 불려주겠다는 설득에 급여 관리를 흔쾌히 믿고 맡겼고, 부부의 차명 주식을 위해 명의도 빌려줬다. 관리자인 나만 믿고 내가 하는 대로 따라서 부부의 차명 주식을 만들어 준 인부들도 꽤 있었다.

조직이라는 울타리 안에서의 모든 경험이 새로웠고, 부부 대표에게 저절로 고개가 숙어졌다. … 그럴만했던 건 나의 무지 때문이었다.

인부 중에 다쳐서 일을 잠정적으로 쉬어야 할 경우, 부부는 쉬는 동안 요양하라며 요양병원이 있는 섬으로 보냈다. 쉬는 생활이 좋았는지, 섬으로 들어간 인부들이 일하러 다시 돌아온 적은 없었다. 건강했던 사람도 하나둘 결근하기 시작했다.

"오늘 제프^{Jeff}가 오지 않았습니다. 연락도 안 되고요."

혼자 사무실에 들어온 파멜라에게 알렸다.

"응, 쉬고 싶다고 해서 휴가 보냈어. 다음부터 묻기 전에는 보고하지 않아도 돼."

파멜라는 짐짓 피곤하다는 듯 하품을 하며, 쟁반같이 둥그런 머리를 사분사분 눌러댔다.

제프는 나보다 1년 후에 입사한 경리 팀장이었다. 팀장이라고는 했지만, 사실 경리팀에서 제프 혼자 일하고 있었다. 관리팀에서 나 혼자 관리팀장을 맡은 것처럼. 회사는 정규 직원 채용을 극도로 꺼렸고, 수시로 교체했다. 그에 비하면 나와 제프는 장수하는 직원이었다.

제프의 이름을 다시 들을 수 있었던 건, 4개월 후, 마크 리오입을 통해서였다.

"다다, 제프가 자네 한번 보고 싶다고 하던데, 휴가 다녀오지? 3년 넘게 일했으니, 잠시 쉴 때도 됐잖아. 제프처럼 휴가지에서 봉사 활동해 보는 것도 좋고."

49

"날 어디로 끌고 가는 ….."

바둥대는 내 입에 재갈을 물리고 복면을 씌운 다음, 내 목덜미를 가격한 이들은 새로 온 인부들이었다. 한 번 눈인사만 했을 뿐, 내게 원한을 가질 사람들이 아니었다. '그렇다면……' 난 정신을 잃고 쓰러졌다.

정신을 차렸지만, 암흑이었다. 아직 복면이 사방을 가리고 있었고, 한쪽 코가 막혀 코로만 숨을 쉬기엔 답답했다. 이리 흔들 저리 흔들, 엉덩이가 들썩들썩해서 한자리에 앉아있질 못했다. 뒤로 묶인 손은 피가 통하지 않아 감각이 없었다. 지중해에서 필리핀해로 배 타고 건너올 때와 같은, 몸의 기억이 떠올랐다. 갈증이 났다. 비릿한 내음과 코 분비물이 섞여 목구멍을 간지럽혔다. 욕지기가 솟으려는 걸 간신히 참았지만, 눈물샘이 터져버린 건 막을 도리가 없었다. 하릴없이 이 악물고 버텨온 삶의 대가가 이런 것인가. 난생처음 나를 위해 울분을 토해내며 온몸을 뒤틀어 댔다. 퉁탕 퉁탕 요란하게 사방으로 굴러다니면서 자학하고 있는데 멈출 수밖에 없었다. 쇠붙이가 정강이로 떨어져 고통이 뼛속을 타고 올라왔다.

"윽."

지칠 대로 지쳐 머릿속 신경이 느슨해지자, 잊고 있었던 신의 존재가 머리를 감싸왔다. 이슬람교에서 가톨릭으로 개종했지만, 이제는 인간이 세운 종교라면 버리고 싶었다. 레바논에서는 종교를 가진 자들이 살육하는 모습을 봤고, 믿고 따랐던 크루즈 부부도 가톨릭교도로 위장했다. 종교를 믿는다던 자들의 추악한 이면이 거듭 기억을 스멀스멀 파고들자, 머리를 힘껏 도리질했다. 그리고 곧바로 나만의 신께 기도했다.

'신이시여! 저를 이 땅에 보내신 전능하신 신이시여! 절 이 세상에서 어떻게 쓰시려 하시나이까? 이날까지 사는 이유에 대해 생각해 본 적이 없습니다. 그저 숨을 쉬고 있으니 살아왔습니다. 만일 한 번 더 제대로 살 기회를 주신다면, 제 재능을 발휘해서 성취감을 맛본 뒤, 나누는 삶을 살아가고 싶습니다. 그 삶도 제 것이 아니라면, 죽여주시⋯, 아니, 깨달을 수 있게 하여 주시옵소서!'

참을 수 없는 갈증과 허기를 느끼고 까무룩 잠이 들었던 것 같다.

납치범이 어딘가에 정박한 모양인지 내 발을 툭툭 치며 깨우더니 거칠게 일으켜 세웠다. 한 번 휘청하니까 양옆에서 동시에 내 팔을 잡았다.

"무우우."

재갈이 물려있어 물 달라고 하는 말조차 뱉어낼 수 없었다. 속이 울렁거렸다. 내가 헛구역질을 해대자, 복면을 절반만 올리고 재갈을 푼 뒤 물이 든 바가지를 입에 대 줬다. 물을 입으로 절반 코로 절반 들이키고, 나머진 발등으로 쏟으며 목을 축이고 나자, 감각이 되돌아오는 것 같았다. 빈 바가지가 던져지는 소리와 함께 또다시 복면이 내려졌고, 배에서 내려 어딘가로 계속 끌려갔다.

행렬이 멈춘 곳에서 누군가 내 뒷무릎을 쳐서 날 꿇어 앉힌 뒤, 복면을 벗겼다. 눈이 시려 눈을 질끈 감고 있을 때, 손을 풀어주는 대신, 죄수들에게 채우는 무거운 족쇄를 내게 채웠다.

서서히 빛에 적응할 때쯤, 어느 방향인지 감을 잡을 수 없는 곳에서 내 이름이 울려 퍼졌다.

"다다!"

50

마크가 날 속이지 않은 것이 있었다. 다름 아닌 제프를 만나게 해 준다는 것이었다. 이곳 사정을 알려 주듯 제프도 족쇄를 차고 있었다. 그날 납치범은 제프에게 섬 생활에 대해 내게 알려 주라고 하고 철수했다.

제프는 우리가 있는 섬이 지도에도 나와 있지 않은 버려진 땅이라고 했다. 곳곳에 독사가 깔려 있어서 섬 꼭대기에서만 지내야 하는데, 독사를 피해서 도망칠 수 있는 곳은 두 군데, 납치범이 배를 댄 곳과 절벽 낭떠러지란다.

크루즈 부부가 우리를 팔아넘긴 것인지, 아니면 그들이 주체적으로 사람들을 감금해 놓고 무임금의 노동 착취를 하고 있는 것인지, 그건 제프도 알 방법이 없다고 했다. 어찌 됐든 벌 받아야 할 사람들이 사회적 약자를 강제수용소에 몰아넣은 형국이라며 분개했다. 최장 체류자에게 아는 것에 관해 물어봐도, 돌아오는 건 답변이 아니라, 날짜에 관한 질문뿐이라며 답답하다고 했다.

잠잘 곳은 건물이라고 할 수도 없었다.

벌집에서 착안한 것 같긴 한데, 육각형의 벌집 모양은 짓기 어려웠는지, 콘크리트의 '직사각형의 상자'를 다닥다닥 붙인 형태로 3층까지 쌓아 올렸다. 누웠을 때 발과 머리 부분만 뚫린 '관' 같기도 했다. 2, 3층은 사다리를 놓고 오르내려야 했다. 개별 공간 높이가 1m도 채 안 돼서 기어서 들어가야 했는데, 반듯하게 누워야 했고, 양팔을 벌릴 수도 없었다. 3층에서 사다리

없이 뛰어내리다가 1층에서 나오는 사람과 부딪쳐 모두 크게 다쳤던 적이 있다며, 사다리를 꼭 쓰라고 당부했다.

생활에 필요한 모든 것들은 자급자족해야 했다. 전기는 태양광 에너지, 물은 빗물과 이슬을 모아뒀다가 쓰거나 바닷물을 역삼투압 방식으로 담수화해서 썼다. 뜰채로 생선을 잡아 올려 구워 먹고, 감자, 씨앗, 채소와 코코넛 등을 주식으로 했다. 옷은 점차 해어지고 찢어지기도 했는데, 어떤 사람은 원시시대 부족민처럼 자연의 옷을 만들어 입고 다녔다.

우리가 하는 일은 녹색 식물을 재배하는 일이었다. 처음엔 허브인 줄 알았다가, 그게 대마초라는 사실을 제프가 귀띔해 줘서 알게 됐다. 재배 방식이 흙을 쓰지 않는 수경재배라는 점이 특이했다. 암실을 만들어서 흙 대신 물과 영양분, LED 조명을 켜두고 키우면 평균 100일 정도 만에 자랐다. 생산 기간이 거의 4분의 1로 줄어드는 것이라고 했다.

납치범들은 한 달에 한 번씩 둘러보고 수확물을 챙겨가곤 했다. 아픈 사람을 발견하는 날엔 또 어디론가 데려갔다. 그 후로 생사를 알 수 없었기에, 남아있는 사람들 모두 건강을 돌보는 일을 게을리하지 않았다. 정신력에도 탄성(彈性)을 잃지 않도록 노력했다. 코코넛을 공 삼아 발로 차고 놀기도 했고, 각자 추억하는 행복했던 순간들에 대해 대화를 나눴다.

그렇게 빼앗긴 것에 대한 탄식보다, 우리가 가지고 있는 것, '자유와 평화'를 누리자고 서로 다짐했다. 단, 대마초는 피우지 않기로 굳게 약속했다. 그것까지 한다면, 우리는 악인에게 이용당한 실패자일 뿐만 아니라, 자기 극복 실패자가 될 테니까.

나는 그런대로 섬 생활에 만족했다. 치열했던 삶에서 굳어가던 본능이 야들야들해지고 있음을 느꼈다. 가끔 뒤집혀 바동거리는 벌레를 보면 나뭇가지를 슬그머니 밀어 바로 앉혀 주고 미소를 짓는 여유도 생겼다. 앞으로는 넘어지지 말라는 격려사도 덧붙이면서.

제프는 나와 달리 아직 혈기 왕성한 청년이었다. 언젠가 섬에서 탈출하고 싶다고 말했다. 그리고 골똘히 생각에 잠길 때가 잦았다. 한 달쯤 지났을까. 멀거니 앉아있는 모습은 볼 수 없었다. 제프의 또렷해진 눈은 더 이상의 생각이 필요 없음을 말해 주는 것 같았다.

51

제프는 절벽 근처로 재료를 하나둘 모아 가져다 놓고 뗏목을 만들기 시작했다. 난 그의 그런 행동만 봐도, 절벽에서 뗏목과 함께 뛰어내릴 생각이란 걸 눈치챘다. 그래서 그에게 대뜸 물었다.

"절벽은 위험하지 않을까? 납치범들은 한 달에 한 번씩만 오니까, 여기 들렀다 간 다음 날, 해변에서 안전하게 탈출하는 게 낫지 않아?"

그는 생각이 달랐다.

"다다가 처음 여기 끌려온 날, 왜 내가 다다가 올지 알고 있었던 것처럼 해변으로 마중 나갔겠어요?"

"응? 그러게⋯. 나도 그게 궁금하긴 했는데, 잊고 있었어. 어떻게 알았는데?"

"당연히 저도 몰랐죠. 다다가 올지⋯. 전 그때 어떻게 탈출해야 할지 궁리하려고 해변에 가서 둘러보고 있다가, 그들이 올 때가 아니었는데 갑자기 들이닥쳐서 깜짝 놀랐어요."

"그랬구나⋯."

"그러니까, 해변은 위험해요. 절벽도 위험하지만, 그들이 오는 방향과 반대 방향으로 물살이 일렁일 테니까, 탈출하는 날이 겹쳐도 시간을 벌 수 있을 거예요."

나는 부지런히 놀리고 있는 그의 손동작을 물끄러미 바라봤다. 제프는 손놀림을 놓지 않고 말했다.

"다다도 함께 가지 않을래요?"

"난 이곳도 나쁘진 않은데…. 나이도 많고."

"다다, 전에 제게 말했죠. 다다가 믿는 신께 어떤 기도를 드렸는지. 다다 재능이 대마초 키우는 거였어요? 아니잖아요. 뭐, 강요할 마음은 없어요. 어쨌든 전 내일 떠나요."

제프는 며칠 전부터 나무를 멀리 던지는 연습을 여러 차례 했다. 뗏목을 던지기 전, 시간대별로 바람 방향, 강도, 파도 세기 등 여러 가지를 고려해 보는 것 같았다. 물에서 뜰 수 있는 구명조끼 대용품은 납치범이 대마초를 담아갈 때 쓰는 작은 통을 연결해 만들었다. 내가 변심할 수도 있다며, 내 것까지 만들어놨다고 했다. 식량, 물, 족쇄를 끊을 수 있는 장비도 준비했다.

"내일 아침에 떠날 거면, 지금 족쇄를 끊어놓는 게 여유 있지 않을까?"

"겉으로 드러나지 않는 감지 장치가 있을지 몰라서요. 떠나기 바로 전에 끊는 게 좋을 것 같아요."

전날, 장비 없이도 족쇄를 끊어내 버릴 듯한 강인함을 보였던 제프도, 막상 실행을 앞두고 긴장하는 기색이 역력했다. 제프는 한 번 더 내 의사를 묻고는 짐을 챙겼다. 혼자 가려던 걸, 내가 한사코 배웅하러 가겠다고 따라나섰다. 실은 내심 제프의 탈출 시도가 성공하는지 보고 싶은 마음이 더 컸다.

제프는 절벽 앞에서 족쇄를 끊어 바다로 내던지고 외쳤다.

"기다려라, 세상아! 내가 간다!"

구명조끼를 걸치고 연습할 때처럼, 긴 밧줄이 꼬리처럼 달린 뗏목을 힘차게 공중으로 던졌다.

그때였다. 뒤에서 멈추라는 소리와 함께 총이 발사됐다. 제프의 귓등에서 피가 흘렀다. 제프는 즉시 손으로 귀를 감싸고 다이빙했다. 뛰어내림과 동시에 또 한 번 외쳤다.

"다다! 거기 있으면 안 돼요. 뛰어내려요!"

주춤거리는 찰나 총소리가 연이어 났다. 총은 간신히 피했지만, 그들이 숨겨놓았을, 덫을 밟고 고통에 비명을 질렀다. 난 본능적으로 제프가 땅에 놔뒀던 구명조끼를 낚아채 들고 절벽 아래로 몸을 날렸다. 족쇄와 덫의 무게는 나를 새 세상으로 빠르게 끌어당겼다.

52

의족을 끼우고 휠체어를 탄 남성이 방을 나가자, 두 명의 요양보호사가 청소하기 시작한다.

남성이 금방이라도 되돌아올까 살피듯 기다렸다가, 괜찮겠다 싶었는지, 말을 꺼낸다.

"저 어르신은 중국에서 온 조선족이라면서, 왜 로봇이 아랍어, 영어로 통역을 하는 걸까요?"

"음, 그게, 중국에서 납치당하다시피 수용소로 끌려가서 강제 노역할 때, 공사하던 건물에 깔렸대. 보름인가? 아니, 몰라. 어쨌든 오랫동안 파묻혀 있어서 죽은 줄 알았는데, 기적적으로 구출됐나 봐. 그때 다리 하나를 잃었고. 다리만 잃은 게 아니라, 모어도 잊어버리고, 그때부터 전혀 딴사람이 된 거래. 가본 적도 없는 곳을 그 나라 사람인 것처럼, 그 나라 말로 하고. 가끔 나더러 뭐라더라? 아, 나디아래. 그리고 행복한 표정을 보이시니까, '전 나디아가 아니에요.'라는 말을 못 하겠더라고. '쉬세요.'라고만 하고 방을 나오는 거지."

"어머머, 그거 귀신에 씐 건가 봐요. 맞죠? 빙의."

잠시 침묵이 이어지다가 두 사람 말이 겹친다.

"먼저 말해."

"저분 삶도 참…, 고생고생하다가 돌고 돌아 여기까지 오셨네요. 벗어나질 못하고. 딱해요. 나만 팍팍하게 사는 줄 알았더니, 나보다 더 힘들게 사신 것 같아서…. 언제쯤 고귀하게 살아볼지

싶네요."

"밀알 인생도 있는 거지."

"밀알 인생이요?"

"씨앗처럼 뿌려지고 가는 희생적인 삶…. 귀하지 않은 삶이 없지. 우린 누군가의 씨앗 희생으로 살고 있으니, 항상 감사하며 살아야 할 것 같아."

"그래야 하는데…, 자꾸 비교하게 만들잖아요. 세상이."

"비교해서 열등감 느낄 필요 전혀 없어. 한때는 나도 남과 비교를 안 하고 살았던 건 아닌데, 그럼 뭐해? 속만 상하지. 그래서 내 딴에 생각을 많이 해 봤더니 이렇게 정리되더라고. 자, 생각해 봐. 큰돈 벌려고, 돈 관리 쉽게 하려고, 돈을 큰 단체로 몰아주지? 큰 단체에 소속된 사람들 끼리끼리 그 돈 나눠서 잘 살지? 사정상 큰 단체에 속하지 못한 사람들은 아등바등 푼돈 벌지? 그래서 빈부 격차가 심해지지? 또 무료다 할인이다, 하는 마케팅을 이용해서, 대중 호주머니에서 나오는 푼돈 벌어들이고…. 대중을 공짜에 습관 들이게 해놓고, 정작 공짜 좋아하는 모습 보고는 거지라고 조롱하는 모순. 그게 전부야, 세상이란 게. 우리가 못 나서 이렇게 사나? 저들이 잘 나서 멋지게 살고 있나? 아니거든. 사회 흐름 속에서 한 번이라도 넘어지지 않고,

다림질해 준 평탄한 인생길을 곧게 걸어가는 사람들이 한 자리씩 차지하고 몰아준 돈을 퍼 담아가는 거라고. 저평가, 저평가 하는데, 그걸 말하는 사람들은 알고 보면 큰 단체에 속해 있으면서 내부 기준으로 저평가라고 하는 거고, 그들보다 부당하게 저평가되고 있는 외부 많은 사람은 정작 아무 말도 못 하고 살고 있어. 안 그래?"

"듣고 보니 속이 후련하네요."

"그러니까, 비교하지 말고, 분명 나보다 저평가된 사람들이 있다는 점을 생각해서 겸손하고 감사하게 살자고. 남과 비교해서 돈 적게 번다고 너무 돈, 돈 하면 품위 없어 보이고, 정말 품위 없는 사람으로 전락하는 것 같아. 큰돈이 한쪽으로 치우치고, 경제 순환이 잘되지 않아서 그런 건데, 자기가 소속된 단체에서 버는 돈이 곧 자기 능력치인 것으로 착각하고, 잘난 척하고, 겉모습이 추레해 보이는 사람 무시하는 인간 볼 때면, 화가 나."

"나디아 언니~, 화 풀어요~. 호호."

"그래. 나긋나긋한 나디아로 돌아오자. 풉."

53

나는 저주받은 것이 맞을까?

그게 아니라면, 내 가족, 나와 인연이 된 식구들이 무참히 죽는 일을 어떻게 설명할 수 있을까?

내가 그곳에 없었다면, 그들은 무사하지 않았을까?

"한국 어르신이네요. 할아버지 아시는 분, 나오셨어요."

"어, 맞네. 로봇이 파일을 여기 저장했구나."

우리는 반갑게 영상을 보기 시작했다.

밖은 정적이 흘렀다.

깡패들이 무자비하게 난도질해 놔서, 그들은 정신만 잃은 것이 아니라, 목숨을 잃은 것이 분명했다.

폭풍이 휩쓸고 간 후, 나는 목소리를 잃었다. 말하려고 해도 나오지 않았다. 먼발치에서 피비린내가 진동하고, 아랫배 힘이 풀려 바닥에 흘려보낸 액체에서 지린내가 올라와도 움직일 수 없었다. 열여덟 나이로 경험하기에 너무도 가혹한 삶 아닌가.

내가 끔찍했다. 탈진 상태가 되니까, 어디서 이런 살고자 하는 의욕이 생겨났나 모르겠다. 삐를 만나서 목격한 걸 말하면, 삐는 미쳐버리거나 자살할지도 몰랐다. 경찰에 신고하는 게 맞을까? 삐를 조직 폭력배 두목으로 지목한 경찰인데, 내가 가면, 나도 붙잡혀 들어가지 않을까? 나는 속옷과 치마를 갈아입은 뒤, 출입문까지 눈을 질끈 감고 숨을 참아가며 후들거리는 다리로 발을 질질 끌고 나갔다. 주택가가 아니라서 주변은 등불 하나 켜져 있지 않았다. 내 뒤에 있는 공장도 캄캄했다. 살인마들이 자기들이 저지른 짓을 밝은 곳에서 확인하고 싶지 않았던 모양인지, 자리를 뜨면서 공장 전등까지 모조리 깨부수고 갔다. 나는 또 무작정 떠나야 했다.

얼마 지나지 않아, 삐에 대해 망치파 두목이 아니었다고 정정 기사가 난 적이 있지만, 경찰은 여론을 인식해 실수를 시인하지 않고 조직원은 맞다고 끝까지 주장했다. 그리고 공장 식구들의 죽음에 대해서는 자세한 조사도 없이 깡패들끼리의 보복성 살인이라고 성의 없는 기사 몇 줄 내보내는 것으로 일단락 지었다. 삐는 억울한 누명을 벗겨줄 돈이 없어서 옥살이했다. 그동안 삐를 만나지 않았다. 삐를 버린 것이 아니라, 삐에게 다가갈 수 없었다. 불행을 몰고 갈 테니까.

삐가 감옥에 있는 동안, 서울 동대문에 있는 작은 봉제 공장에 취직해서 돈을 착실히 모았다. 삐에게 직접 다가가지 못하더라도 삐가 모르게 멀찌감치에서 도움을 주고 싶었다.

사람은 사람으로 치유되고, 충격은 충격으로 상쇄되기도 하는 것인가. 내 경우는 그랬다. 공장에서는 내가 원래부터 말 못하는 줄 알고 있었는데, 취직하고 난 지 1년쯤 지나 말이 튀어나왔다. 정확하게 말하자면, 말이라기보다 '악'이라는 비명이었지만 말이다. 당시 공장 사장의 7살 된 아들이 선물 받은 망원경을 들고 뛰어다니다가 내 옆에 와 서서 망원경으로 날 쳐다보고 있었다. 드륵 드르륵, 박음질하다가 슬쩍 올려다봤을 때, 난 잊고 있던 그때 그 일이 불현듯 떠올랐고, 경기를 일으키며 손과 발이 제멋대로 움직였다. 생살을 뚫는 아픔이 목소리를 되돌려 줬지만, 대신 왼손 집게손가락 한 마디를 잘라내야 했다.

삐를 못 본 지 3년 6개월이 흘렀다. 삐가 출소하는 날, 하루 휴가를 얻어 아침 일찍 교도소를 찾아갔다. 여전히 내게 저주가 도사리고 있을 것만 같아, 멀리 떨어져서 보고, 어디로 가는지 거취만 알아내고 싶었다.

삐는 내가 사줬던 운동화를 신고 있었다. 하지만 이제 더는 달리기 선수처럼 보이지 않았다. 목구멍이 타들어 가는 것 같았고 가슴이 조이고 아려왔다.

삐가 향한 곳은, 어느 정도 예상은 했지만, 내가 본능적으로 발이 떨어지지 않는 곳과 같았다.

죽음의 현장은 거무죽죽한 노란색 띠가 둘려 있었고, 흉물스러운 폐건물이 되어 있었다. 삐는 나와 같은 고통을 겪어야 했다. 가족을 한순간 잃고 재산도 사라졌다. 거래처가 발주하고 보낸 원단, 부자재가 피로 물들고 쓸 수 없이 돼 버려 생산에 차질이 빚어졌기 때문에, 조폭 공장으로 소문나고 살인사건까지 발생해서 들어오려는 사람이 없고 건물이 팔리지 않는다며 건물주에게서, 각종 손해배상으로 모든 것이 공중분해 돼 버렸다. 냉정한 손익계산 앞에 인정사정은 없었다.

삐는 팔을 들어 옷소매로 눈을 가리고 섰다가, 팔을 내리고 크게 심호흡하고는 비탈길을 올라가기 시작했다. 나는 삐가 눈치채지 않게 시간 간격을 두고 따라갔다. 다음으로 삐가 찾아간 곳은 손수레 끄는 노인 댁이었다. 삐가 방문 앞에서 "어르신, 호재 왔습니다." 하니까, 잠시 후 방문이 열렸고, 누워있다가 일어난 듯 부스스한 모습으로 나온 할아버지가 삐의 손을 덥석 잡고 끌어안기까지 했다. 삐는 등을 굽히고 키 작은 노인의 품에 가만히 기대어 있다가 쿡- 하는 소리를 한 번 터뜨리더니, 한참 동안 어깨를 들썩이며 울부짖었다.

54

나는 한 달에 한 번, 손수레 노인 댁에 갔다. 항상 삐와 노인이 손수레 끌고 나가고 없을 시간에 들렀다. 익명의 후원금이라 적은 봉투에 돈을 넣어 방문 틈으로 밀어 넣고, 밥과 반찬, 고구마, 옥수수 등 매번 다른 먹거리를 챙겨 가져다 놓고 왔다.

대여섯 번 가고 난 다음에 갔을 때는, 밖에 손수레가 없어야 할 시간인데, 있었다. 삐와 노인이 일하러 가지 않고 방에 있다는 얘기인데, 준비해 온 것들을 어떻게 두고 가야 할지 난감했다. 예전에는 그 일대에 주택이 없었지만 3~4년 사이 쪽방촌이 형성됐다. 그들을 상대로 하는 구멍가게도 생겼다. 나는 가게를 찾아가 수고비를 주고 심부름을 부탁했다. 나에 대해서는 철저히 함구해 달라는 조건도 걸었다. 그리고 잘 전달해 줬는지 물으려고 다시 갔을 때, 삐와 노인 댁에 변고는 없는지도 물었는데, 변고가 있다고 했다. 노인이 노환으로 일을 하지 못하게 돼서, 삐 혼자 손수레 끌고 다니는 걸 봤다 했다.

1년간 삐를 위해서 더 이를 악물고 돈을 모았다. 편지 봉투는 작아서, 신문지로 정성스레 싼 지폐 뭉치를 서류 봉투에 넣어, 옷 속에 품고 갔다. 애써 모은 돈을 소매치기당하지나 않을까 하여, 서류 봉투가 잘 있는지 몇 번이나 만져보고 주위를 살피며 갔다. 서두르지 말자고 되뇌며 갔더니 시간이 배로 걸렸다. 도착했을 때 손수레가 보이지 않았고, 노인의 신발이 방문 앞에 있었다. 이 돈은 노인에게 직접 전해주기로 결심했다. 익명의 후원자로만 알리면서.

방문을 두드렸지만, 인기척이 없었다. 조심스레 문을 열고 들여다봤는데, 누워있는 노인의 눈과 마주쳤다. 주춤하며 뒷걸음질하려다 용기를 내고 신발을 벗고 안으로 들어갔다. 노인은 나릿나릿 끔벅대며 내 얼굴을 지그시 바라봤다. 봉투만 놔두고 나오면 됐는데, 그러지 못했다. 노인은 날 이미 알고 있다는 듯, 눈꺼풀을 연신 감았다 떴다 하다가 기침을 한 번 크게 하고는 이불 안에 있던 손을 내밀어 허공에 띄웠다. 나는 그 손을 붙잡고 편히 내려드렸다. 그리고 서류 봉투를 옆에 꺼내놓으면서 말했다.

"모르는 사람이 와서 두고 간 걸로 해주세요."

어서 돌아가야 했다. 삐와 마주치기라도 하면, 안 될 일이었다.

밖으로 나오는데, 저 아래에 삐의 손수레가 보였다. 삐는 바닥을 보며 올라오고 있었다. 나는 황급히 위쪽 골목길로 몸을 숨겼다. 삐가 손수레를 밖에 놓고, 방문을 열고 들어가는 걸 봤지만, 직감적으로 골목에 계속 서 있어야 할 것 같았다. 곧 삐가 문을 박차고 나와서 길 아래를 내려다봤고, 사방을 두리번거렸다.

"저주가 우리 사이를 가로막고 있어요."

나는 눈치 없이 청명한 하늘을 원망스럽게 바라보면서, 울먹이며 혼잣말했다.

55

내가 다녀간 것을 삐가 눈치챈 이상, 그곳에 갈 수 없었다.

내가 멀어져야 삐가 안전하게 살 수 있다는 생각이 확고했기 때문이다.

난 앞으로도 혼자여야 했다. 나와 인연이 닿는 모든 사람을 위해서라도. 그래서 의도적으로 사람들을 멀리했다. 한 공장에 오래 머무르지도 않았다. 곰살맞게 다가오던 사람은 나의 뻣뻣함에 질려 무안함을 느끼다가 뒷담화를 해댔다. 그렇더라도 철저히 냉정해지기로, 단순해지기로 결심했고, 그들의 언행에 반응하지 않고 신경 쓰지 않았다. 가진 돈이 없어서 삐를 범죄자로 만든 죄, 그에 대한 벌로 난 중년이 될 때까지 오로지 돈 버는 일에만 집착했다.

"앉은 자리에 풀도 안 나겠다."

"다른 사람에게 너무 무심해. 자아도취에 빠졌나 봐."

"자기밖에 모르니까 옆에 사람이 없지. 이기주의자."

"돈밖에 모르나? 구두쇠."

"무슨 재미로 살지? 저런 인간이 제일 불쌍해."

나는 비수에 대한 방패로, 입 밖으로 내뱉지 않고 삼킨 말이 있었다.

'당신들에게 내 삶이 행복해 보이지 않는 것처럼, 당신들의 삶에서는 나도 행복할 것 같지 않아요.'

저들이 만든 성벽 밖에서 구멍을 뚫고 나를 지켜보는 사이, 나는 외부를 엿보는 구멍을 막고 내면의 소리에 귀를 기울였다. 그것이 물어뜯고 할퀴는 세상에서 평화롭게 살아가는 나만의 안전망이 되어 주었다.

그리고 그들이 가까이서 나를 관찰하고 다 안다는 듯 평가해도, 먼 이면에 있는 것을 몰랐다. 이제 나는 돈을 '목적'으로 여기는 것이 아니라, '수단'으로써, 인간 존엄성을 지키며 가치 있는 일에 돈을 쓰고자 한다는 것을. 타인을 엿보는 구멍으로 본 것은 가깝게 보여도 멀리 있는 것이라서 실제와는 다르다는 것을 그들은 몰랐다. 감시창이란 그런 것이었다. 한 사람의 수십년 역사의 길을 함께 손잡고 걸어온 것도 아니면서, 어떻게 하나의 구멍을 통해 보이는 단면으로 평가할 수 있을까.

사람들이 구멍을 통해 볼 수 없는 나는 사랑을 지키기 위해 사랑을 포기했다. 외롭더라도 인내하고 사랑을 지켜줄 수만 있다면 그것으로 난 행복하다. 내가 이기적이었다면 내가 사랑하는 사람들에게 어떤 피해와 고통이 따르더라도 사랑을 쟁취했을 것이다.

인간 존엄성, 평화, 행복이 무엇인지 알게 됐고 지켜갈 힘을 얻었는데, 내가 입은 상처는 치유되지 않았다. 저주를 풀 묘약이 무엇인지 알아내지 못하고 죽는다면, 그것이 결국 저주 아닌가.

나는 스스로 치유하기 위해 내 내면에 깊은 구멍을 파기 시작했다.

56

"치유…, 하니까, 전 스피노자가 생각나네요."

화두를 던지려다 삼촌의 반응을 살폈다. 삼촌이 노긋한 시선으로 날 물끄러미 바라보고 있는 가운데 말을 이어갔다.

"니체나 스피노자와 같은 철학자들과 동시대를 살아온 것도 아니고, 그들의 저서를 전부 섭렵하려면 제 인생을 바쳐도 모자랄 거예요. 읽은 것도 일부인데, 그마저도 그들의 사상과 말들에 전적으로 공감할 수는 없는 노릇이라서, 본의 아니게 편기(偏嗜, 치우쳐 즐기다)하게 된다는 변명 좀 할게요."

삼촌의 눈에 초점이 풀리는 걸 보고, 억양을 강하게 높였다.

"스피노자는 대중의 왜곡된 인식을 지혜와 이성으로 조율할 수 있는 안경이 있음을 제시했어요. 사람들은 치유 받고자 종교에 의존하기 쉽죠. 그렇게 인간이 종교를 만든 것까지는 좋은데, 신앙을 가진 사람들이 어땠어요? 신에 대한 믿음만으로 구원받았다고 하면서도, 신께서 원수를 사랑하라고 했는데도, 자기들의 이익에 반하는 사람에게는 적개심을 가지고 증오하고 파멸을 부르는 행동을 해요. 물론 전부가 그렇다는 건 아니에요. 신께서 과연 인간들이 이율배반적인 믿음, 변질된 종교를 갖길 바라실까요? 인간의 삶에서 종교가 필요 없다는 말이 아니라, 치유, 구원으로의 접근 방식이 잘못돼서 갈등을 낳는 것이고, 무조건적인 믿음이 아니라, **신을 닮아가야 하는 인간으로서, 신이라면 어떻게 행동할지 판단해 보는 '이성이 개입해야 한다.'**라는 것이죠."

삼촌을 보니 눈에 물이 고여 있었다. 표정을 보니, 스피노자에 대해 부연한 내 말이 감동적이기 때문은 아니었던 게 분명했다. 난 정지화면을 재생하려다 말고 물었다.

"삼촌, 토마토 주스 드실래요?"

"난 커피나 마셔볼까 나아~함."

어디서부터 잘못됐는지 곰곰이 생각하고 적고 되씹었다.

1. 내게 걸린 저주를 풀어야, 내 상처가 치유된다.

2. 나로 인해 내가 아끼던 사람들이 불행해지는 저주, 그걸 풀려면 내 주변 사람의 행복한 모습을 봐야 한다.

3. 주변 사람들이 행복할 수 있도록, 그들의 소원을 들어보고 그들 모르게 도움을 주자. 적당한 거리를 유지하면서.

4. 나도 아껴주고, 스스로 잘 돌보자. 주변 사람들이 내 편안

한 모습을 보고 편안함을 느낄 테니까.

5. 아파서 잊고 싶다고, 내 과거, 뿌리를 외면하지 말자. 흙 속에 묻힌 뿌리가 썩었다고 잘라내면 쓰러지지 않나? 뿌리가 회복할 수 있도록 끊임없이 사랑하자.

난 이렇게 적은 종이를 지니고 다니면서, 때로는 암기하며, 실행에 옮기기 시작했다.

....

백발의 노인이 과거와 관련한 상념에 잠겨 있다가, 호출 벨을 누른다.

몇 분 지나서 요양보호사가 들어오자, 로봇이 노인의 생각을 모니터로 알려 준다.

'내 수첩…. 어디에다 뒀는지 기억이….'

"네, 찾아볼게요. 한옥자 어르신의 짐을…, 방을 바꾸면서 위치가…, 아, 이걸 말씀하시는 걸까요?"

요양보호사가 낡은 초록색 수첩을 들어 보이자, 노인의 눈에 생기가 감돈다.

"어르신, 오늘은 한결 편안해 보이세요. 저도 덩달아 기분 좋네요."

요양보호사가 나간 뒤, 노인은 수첩을 펼치지도 않고, 빼앗기지 않으려는 듯 품에 꼭 안고, 치아가 다 빠져버린 잇몸을 드러내고 펑펑 울기 시작한다.

에필로그

청록색 점퍼를 입은 중년 남성이 아담한 책방으로 성큼 들어선다. 주인은 별이 그려진 고깔 모를 쓰고 싹싹하게 인사한다.

"어서 오십시오."

남성이 내부를 쓱 훑어보자, 주인은 재빨리 설명한다.

"여긴 팝업북 전문 책방입니다. 찾으시는 게 있으신가요?"

"아, 네. 알고 왔습니다. 요양원에 계신 할머니께 선물할 건데, 추천해 주실 만한 게 있을까요?"

주인은 고개를 기우뚱하더니, 이곳저곳에서 한 권씩 빼내어 남성 앞으로 가져온다.

"대부분 포장이 되어 있어서 뜯을 수가 없는데요, 보실 수 있도록 견본품으로 빼둔 게 이것밖에 없네요. 이건 꽃을 의인화한 소녀 감성이고요, 이건 원더우먼이 적을 무찌르는 통쾌한 액션물이고요, 이건 동물 우화, 이건 한국 전통 놀이 소재, 이건 할아버지들 수다 떠는 내용입니다."

"할아버지들이 수다를⋯."

남성은 가장 크고 두껍고도 가벼운 책을 들어 사면을 돌려본다. 주인이 계산대로 가려다 말고 돌아서서 설명을 더 한다.

"이 부분을 잡고 여시면 펼쳐집니다."

남성이 "와하!" 하며 입을 벌린다. 주인은 웃음을 참으며 부드러운 어조로 또박또박 말한다.

"가운데 세워진 이 스프링 끝에 렌즈가 들어있습니다. 이 구멍에 눈을 갖다 대시면 안에 있는 글과 삽화, 입체모형이 크게 보입니다. 구멍을 잡고 뒤로 쭉 빼면 스프링이 늘어나면서 구석구석 보실 수 있습니다. 그럼, 천천히 편히 보십시오."

팝업북은 초소형 입체모형과 풍성한 색채감으로 실감 나게 그려진 삽화, 깨알 같은 글들로 알차게 구성되어 있다. 네 명의 할아버지들이 산, 바다, 누각 등, 여러 장소를 옮겨 다니며 대화를 나누는 내용인데, 가장 가운데 장소, 노인정에서는 화투놀이를 하고 있다.

남성은 구멍을 잡아 늘여가며 전체적으로 보고 나서, 대화를 자세히 읽기 시작한다.

영감 1 : 아, 사람, 참⋯, 살살 하게나.

영감 3 : 나더러 한 말은 아니지?

영감 4 : 아—, 하면, 하—, 하고 알아들어야지. 2 영감에게 한 소리겠지.

영감 2 : 이기려고 하는 건데, 봐주는 게 말이 되나?

영감 1 : 오락 아닌가. 돈을 싹싹 긁어가고 있구먼.

영감 4 : 차비는 남겨주게.

영감 2 : 하하, 오늘 착착 달라붙으니, 이번 판도 내가 이겼네. 인제 그만함세. 양심이 있어서 더는 못하겠어.

영감 4 : 달랑 차비만 남겼네, 참.

영감 2 : 자⋯⋯, 이제 성취감을 맛봤으니까, 나눔세.

2 영감은 자기 앞에 수북이 쌓인 동전과 지폐를 세어보고, 4분의 1씩 골고루 나누어 돌려준다. 나머지 영감들, 눈이 회동그래진다.

영감 1 : 아니, 내가 했던 말 때문에 이러나? 사람이 변하면 무서워지는데.

영감 4 : 그래도 그렇지, 다음에 내가 이기면, 그때도 나누라고 할 건가? 그냥 가져가게나.

영감 3 : 4 영감이 안 갖는다면, 내게 주게. 대출 아직 남았네.

영감 4 : 어허…, 이렇게 꼭 가로채려는 사람이 있어서 문젤세. 대출은, 3 영감 욕심 때문에 빌린 돈 아닌가. 2 영감! 3 영감에게 주지 말게나. 준다면 정말 어려운 사람을 도와야지.

영감 2 : 아니, 돌려준다고 해도 이렇게 말들이 많구먼. 시끄럽네!

영감 1 : 자자. 그럼, 이렇게 하는 게 어떻겠나. 똑같이는 나누지 말고, 이긴 사람 조금 더 갖고, 2 영감 뜻이 고마우니 우리도 조금씩 돌려받고, 나머진, 기부금으로 모아놓는 게 어떻겠나?

영감 3 : 기부를 꼭 돈으로만 해야 한다는 법 있는가? 재능을 키워주고 자립할 수 있는 능력을 갖출 수 있게 하는 것도 기부일세. 난 재능을 키워줘야 할 자식이 넷이나 된다고. 자식들에게 기부하고 있단 말일세.

영감 4 : 그러게 왜 늦둥이를 낳았는가. 그렇게 힘들다면서. 그것도 욕심일세. 쯧쯧.

영감 2 : 이러다 싸움 나겠네. 그만들 두게나. 1 영감 말대로 하는 게 좋겠네. 멋지게 늙었다는 소리 한번 들어보자고. 그리고 자네들이 모두 건강하니까 이렇게 모일 수 있는 것 아닌가.
앞으로도 우리 건강하게 천수를 누려보세.

"사장님, 이걸로 하겠습니다!"

저자 후기

2023년 말부터 새 장편 소설 《핍홀; 가까이 보이는 먼 곳》에 대해 머릿속으로만 구상해 오던 것을, 2024년 3월 초까지 전체 구상을 마치고, 3월 15일부터 본격적으로 타자하기 시작했다. 메모장에 작성하다가, 3월 19일부터는 한글 파일에서 작성하기 시작했다.

2023년부터 PC에서 유튜브 영상 제작할 때, Window용 한글 원고를 해킹당했기 때문에, 새 소설은 보안을 유지하면서 완성하고 싶었다. 그래서 이번에는 Window가 아닌, Mac에서 한글 파일로 작업하고 있었는데, 이번에도 어이없이 해킹당했다. 당해본 사람은 그걸 알 수 있다.

한글 파일 설정에서 압축하지 않는 상태로 놔뒀고, 저장하면 파일 용량이 기록된다. 그런데 집 인터넷 속도가 느리다 보니, 해커가 빠르게 가져갈 수 없었는지 한글 파일을 압축해서 가져가는 과정에서 용량이 갑자기 줄어들었던 걸 내가 눈치챈 것이다. 그날이 3월 19일이었다. 그리고 결정적으로 해커로 추정되는 작가의 방송, 3월 24일 방영분 중, 필자의 **새 소설 제목을 소재로 한 내용이 화면 전체를 메웠기 때문에,** 내 촉이 맞았다는 사실이 입증됐다.

그래픽 · 편집디자인 프로그램 버전 호환 문제로, 맥OS를 업데이트하지 못했던 탓도 있지만, 이렇게까지 집요하게 누군가의 표적이 되리라고는 상상도 하지 못했던 일이어서 속수무책 당했다. 컴퓨터를 헤집어 놓고 비밀번호도 바꾸지 못하게 만들고 백업 중이던 외장하드까지 망가뜨려서 데이터 손실이 컸다.

해커가 와이파이 공유기를 통해 침입한 정황이 있어, 공유기를 교체했는데도 해킹 시도가 감지되어, 인터넷 통신사까지 바꿨다. 물론 그에 따른 설치비, 위약금도 물었다. 오로지 보안 때문에 맥북을 사서, 맥OS 최신 버전으로 보안 설정을 강화한 후 Mac용 한글로 작업을 이어 나갔다.

하지만 키 체인까지 복사해 간 이력이 남았고, 작업물 상당량이 유출됐다. 이번에도 와이파이가 문제였다. 내가 공유기 관리자 비밀번호를 변경하고 로그아웃한 다음, 재확인 차 로그인했을 때, 누군가가 접속 중이라서 로그인할 수 없다는 창이

떴다. 공유기 관리자 정보까지 알아낸 것이다.

그래서 와이파이를 정지하고 새 휴대전화기에서 5G, LTE로만 잠깐씩 썼는데, 새 휴대전화기마저 해킹됐다. 해킹되면 배터리는 물론, 내가 쓰는 만큼이나 그들이 데이터를 잡아먹는다. 공장 초기화해도 마찬가지다. 초기화해도 사라지지 않는 파일을 심어놓은 것이다. 칭찬을 해줘야 할까. 보통 솜씨가 아니다. 문제는 휴대전화기를 점령당하니, 와이파이 대신 잠깐씩 핫스팟 연결하여 맥북을 쓰는 일도 못 하게 된 것이다.

휴대전화 메모에 저장해 둔 '내 자격증 3개 이미지 파일, 글쓰기 요령에 대해 작성해 둔 글을 공유해서 가져가기도' 했다. 또다시 놀라 공유 해제했는데, 그것만 봐도 해커들 중 작가가 있음을 알 수 있었다. 작가가 아니라면 글쓰기 요령에 관해서 관심 둘 이유가 없기 때문이다. 자격증도 변조해서 자기 것인 양 도용하려 하는 것일까. 이참에 자격증 위조범은 없는지 전수 조사했으면 한다.

구 휴대전화기는 2023년부터 이미 해커의 손아귀에 들어갔었다. 그 휴대전화기에서 모 라디오방송을 켰는데, 갑자기 다른 시간대 방송으로 바뀌는 것이 아닌가. 그것도 이미 며칠 전들었던 새벽 시간대 재방송이었는데, '돌려받으리라.'라는 협

박성 내용이었다. 깜짝 놀라 휴대전화를 껐다가 다시 켜니까, 정상화됐다. 어떠한가? 이 정도면 확실히, 작가 솜씨가 아니라, 엔지니어 정도는 돼야 가능한 능력이다. 종합해 보면, 작가와 엔지니어가 공조하여 해킹하고 있다는 의미다.

해킹으로 인해 아이클라우드는 꺼둔 상태로 쓸 수도 없게 돼버렸다. 내 생활을, 불편한 정도가 아닌, 피폐화했다. 참다못해 경찰서에도 갔었지만, 캡처한 내용은 증거가 될 수 없으며, 오히려 내게 전문업체를 통해 확인된 증거를 가져와야 수사에 착수할 수 있다는 말을 듣고 포기했다. 그게 힘들어서 경찰의 도움을 받고자 한 것인데, 피해자가 모든 걸 입증해야 한다니……, 대한민국 사회에서만 일어나는 부조리일까? 비용도 비용이지만, 몸이 아프고 지치니까 대적할 힘도 없었다.

혹자는 '더 나쁜 인간들 많다.'라며 대수롭지 않게 여길 수도 있다. 필자의 생각은 다르다. 가장 교활하고 악한 존재는, 자기 잘못이 드러나지 않고 자기에게 피해가 가지 않는 선에서, 상대에게서 가장 소중한 것을 빼앗고 그 가치를 떨어뜨리고 조롱하며 즐기는 부류가 아닐까.

앞서 언급한 작가 방송에서, 필자가 올해 들어 찾아본 검색어[예 : **프랙털**]와 해킹해 간 파일 중 긴장이 고조되는 절정 장면 몇 군데를 골라 구체적으로 묘사해서 썼다.《핍홀》단원 '케어**로봇**'과 '새' 내용 중에서, 특히 '새'에서 **두 발의 총성**은 큰 의미가 있다. 그런데 그 방송, 6월 9일 방영분의 공항 총격 장면에서, '두 발'의 총성을 강조해서 보여 줄 이유가 없는 부분이었다. 그리고 '새' 마지막 부분에서 **유서 쓰고 '새처럼 하강하며' 자살 시도**하는 내용이 있는데, 그들 방송에서도 유서 쓰고 팔을 벌리고 뛰어내리는 장면까지 삽입했다. 그들은 집필 중이던 필자의 새 소설의 거의 절반 분량을 훔쳐다가 군데군데 잘라내어 씀으로써, 청량감을 떨어뜨리려 했다. 마치 탄산음료 뚜껑을 살짝 비틀어 따서 김이 새어나가도록.

그들은 내가 유튜브에서 그들 방송을 본다고도 했으니, 볼 것이라고 짐작하고 그 방송을 보면서 내가 어떤 기분이 들겠는가 하는 것까지 예상하고 도둑질해서 썼다는 사실을 직감하고, 그들의 탁한 마음이 느껴져 방송을 꺼버렸다. 이제 그 방송을 볼 일은 없을 것이다.

필자는 2020년 11월부터 글을 쓰기 시작하여, 여러 공모전에 작품을 투고했지만 낙선된 후, 필명 꽃루저(Beautiful Loser)로 책을 출간했다. 2023년에는 유튜브에서 '꽃루저〈사색 식탁〉' 채널을 통해 원고를 쓰고 영상을 만들어 올렸다.

공모전에서 낙선된 원고들 내용과 구체적인 단어, 문구들을, 여러 방송 드라마, 광고, 심지어 선거운동에서도 썼다. 그래서 '살아있는 저자를 유령 취급하고 무시하고 마음대로 가져다 쓴 무례, 자기들 이익과 공로로 돌린 편취'에 대해 우회적으로 지적하고 유감스럽다는 내용의 글로 관계자들에게 호소한 바 있었다. 그 이후로 이런 일들이 일어나고 있는 것이다.

필자의 글이 세상에 나오기 전에, 내 것을 해킹해서 그들이 먼저 쓰면, 모르는 삼자의 눈에는 필자의 소설이 모방작이 되고 전혀 새롭지도 않은 내용이 될 테니, 내게 앙갚음하려고 '역전극'을 만드는 못된 짓을 벌이고 있나 싶다.

작년부터 올해 중반기에 있을 **소설 공모전 준비**를 하고자 했다. 그런데 그 사실을 그들이 해킹하면서 알아낸 것 같다. 공모전 1차 심사 기간에 심사위원이 그 많은 원고를 끝까지 다 읽을 수 없는 실정을 알고, **내 소설 전반부에 있는 내용을 그들 방송에서 이리저리 공개해서, 식상한 내용으로 만들어버려 낙선되게 할 목적**이었는지 모른다는 생각도 들었다. **공모전은 이번 기회를 끝으로,** 나보다 젊은 그들이, **병들고 늙은 나를 정신적 재기 불능 상태로 패대기칠 요량** 아니라면, 이런 짓은 하지 못할 것이다.

그래서 **약은 그들의 놀잇감, 횟감이 되지 않고자, 노선을 바꿨다.** 어쩌면 잘된 일인 것 같다. 공모전용 소설이 아니라, 내 인생을 쏟고 진정성을 듬뿍 넣어 썼으니까.

작년에 그 방송사가 아닌, 다른 라디오방송에서도 내 유튜브 영상에 관해 처참한 실패작이라고 비웃었기 때문에, 그들만의 연대 공간이 있음을 확신한다.

재작년 말부터 작년에 걸친 일이다. 내가 유니폼 입고 시간제 일을 했던 곳에서, 그들이 테이블에 앉아서 내 모습을 몰래 찍다가 플래시가 터졌다. 휴대전화기를 내게로 향해서 들고 있던 그녀가 순간 얼어붙은 채 나와 눈이 마주친 적도 있고, 유튜브에 공개했던 내 과거사 중, 일터 직원들에게 가십거리만을 소문 퍼뜨려서, 내 뒤에서 뒷담화하는 소리를 들어야 했다. 난 그들의 학창 시절 모습이 어땠을까 궁금하기까지 하다. 좋은 직장에서 일하고 있으니 성적 우수한 모범생이었을 텐데, '인성으로 치면 낙제생이 아닐까.' 한다.

해커들이 어느 단체 사람이라는 심증과 정황은 있지만 특정할 수 없고, 그간 내가 너무 아팠기 때문에, 그들의 공격은 이루 말할 수 없을 정도로 감당하기 힘들었다. 장기적으로 자유를 침해당해보지 않은 사람은 이런 내 심경을 모를 것이다.

나는 이 소설을 통해, 날 감시하고 있는 그들에게 해주고 싶은 말이 있다. **"핍홀은 외부로 뚫을 것이 아니라, 당신들 내면에 뚫어야 한다."**라고.

그것이 또한 이 소설화자 중 한 명인 은우의 할아버지 유언을 실현하는 열쇠이기도 하다.

생각해 보면, 지식인으로 자처하는 그들만 타인을 감시하고 있는 것이 아니다. 무의식중에 물질주의에 오염되어 과도한 경쟁의식을 가지고 남과 비교하고 살고 있진 않나? 타인의 쓰린 인생 이야기를 가볍게 가십거리로 씹어대며 즐기고 있진 않나? 그렇다면 감시창의 방향을 전환해서, 부인할 뿐 **모두가 갖고 있는 내면의 악을 감시하고 단속해야 하지 않을까?**

퇴고 과정이 남아있는 6월 10일, 일차적으로 에필로그의 마침표를 찍었다는 것은 기적에 가깝다. 때때로 머릿속이 백지화되어 어떠한 단어조차 떠오르지 않을 때가 있었고, 편두통, 어지럼증과 수직 복시, 다리의 부분적 마비, 왼쪽 고관절(넓적다리관절) 아래 허벅지부터 무릎에 걸쳐 피부 속 화상을 입은 것 같은 통증 등으로 인해, 5월 14일부터 보름 이상 글쓰기를 중단해야 했기 때문이다.

5월 11일 밤, 수직 복시가 너무 심해져 아스피린을 먹고 2시간 반 정도 지나고 나니 괜찮아졌다. 그날 밤에 꿈을 꿨다. 병원에 갔는데 내 앞에 앉은 여의사가 날 보고 눈물을 흘리며 하소연했다. 이어 내가 거울을 보고 있는데 전신에 징그러운 문신이 있었고, 그 문신이 서서히 걷히면서 절반쯤 사라질 때 꿈에서 깨어났다. 그건 **예지몽**이었다.

5월 13일 밤, 자기 전 '왼쪽 고관절 부위'에 통증이 있었고 파스를 붙일지 하다가 그냥 잤는데, 다음 날(14일) 아침 '왼쪽 허벅지 전체'가 무릎 위로 얼얼해지면서 마비 증상이 왔고, 발열도 시작했다. 약국에서 해열진통소염제를 사서 오후 1시경 먹었고, 집에 와서 누웠는데, 왼쪽 다리만이 아니라, 정신을 못 차릴 정도로 전신 통증이 느껴지며 으슬으슬 춥기까지 했다. 다음날 5월 15일은 공휴일이라서 병원에 가려면 기를 쓰고 일어나야 했다.

병원을 걸어서 들어간다고 정상으로 봐선 안 된다. 내가 그랬으니까.

안간힘을 써서 힘들게 간 병원에서 어떻게든 진통 좀 가라앉혀 달라고 애원했다. 그때 계속 정수기를 찾아 물을 마셔댔고, 그렇게 정신을 차려야 했다. 어느 과에 가야 할지 몰라서 일단 신경과에 갔더니, 다시 정형외과에 가라고 해서, 몽롱한 상태로 다리를 절며 찾아갔다. 그곳에서 간호사가 멀리서 자기들끼리 '좀 일찍 오지.'라고 말하는 소리가 들렸다(중간 음역은 난청인데, 그 말소리가 들렸다니, 지금 생각하면 신기하다). 미안했다. 그래서 진료실 들어가기 전, "좀 일찍 왔어야 했는데, 아까는 정말 정신을 못 차릴 정도였다."라고 말했다. 그들은 아무 말이 없었다. 들으라고 했던 소리가 아닌데 내가 들어버려서 당황했던 것 같았다. 그러니까, 병원에서는 걸어 다니고 말하고 있으면, 쓰러지지 않으면, 정상인이고 환자가 아니라고 여기는 것 같았다.

엑스레이 찍고 진통 주사 맞고 약 처방 받고 집에 도착하니 구역질까지 올라왔다. 병원에서 오후 5시경, 해열제 먹고 4시간 지났을 때, 열을 쟀을 때 37.5℃였으니까, 병원 가기 전 집에서 정신이 혼미했을 때는 아마 38℃ 이상 되는 고열이었던 것 같다. 그날 밤에, 간단히 말하면, 죽을 만큼 아팠다. 폭풍우가 휘몰아치고 지나간 것 같은 기분이었다.

5월 15일, 약을 먹고 있었지만, 몸이 달뜬 상태로 정상이 아니었다. 그리고 내 예지몽(의사가 울고 있던 꿈) 때문에, 불편한 다리를 이끌고 휴일에도 진료하는 내과를 찾아가서 항생제를 처방받아 먹고, 다음날(16일) 열감이 확실히 가라앉았다. 하지만 지속해서 다리 피부 안으로 파고드는 화상 통증과 수축 증상 때문에, 통증이 극심했던 일주일 정도는 새벽에 서너 번 깨서 통증 완화 크림을 바르고 자곤 했다. 깨는 횟수, 통증 강도가 줄어들고 있지만, 6월 10일 현재, 여전히 정상적으로 걷지 못하고 있고, 양쪽 다리 피부색에 차이가 있다(꿈에서 문신이 절반쯤은 남아있어서였을까). 오래 앉아있으면 혈액 순환이 안 되는 왼쪽 발은 군데군데 검보라색, 한쪽은 녹색 빛까지 띠면서 붓는다.

그렇다 해도, 이만큼 좋아진 건 기적이라고 생각한다. 면역력 유지에 도움 되는 음식, 영양제 찾아 먹고, 장수 유전자를 물려받았다는 믿음 하나로 내 신체 면역력에 매달리고 있다.

나는 인간의 종교는 믿지 않지만, 신의 존재를 믿는다. 이런 내 몸 상태에서 소설을 집필할 수 있었다는 기적은 신께서 계획하셨고, 나는 수도자로서 그것을 이행하고 있을 따름이라고 믿는다.

독자로서 문학 작품 내 '저자 후기'로 이런 글을 접해본 일이 있을까. 아마 없을 것이다. 치열하고도, 날 것의 거친 느낌이 들어, 생소하면서도 거부감조차 들지도 모르겠다.

나는 '예술을 위한 예술'은 버렸다. 많은 사람에게 이해되는 소설을 쓰고 싶다는 일념으로, 실패자다운 부끄러운 과거 때문에, 꽃루저라는 필명 뒤에 숨어서 글을 쓰고 있었다.

하지만 이제는 숨지 않고, 있는 그대로 과거를 사랑하기로 했다. 그것이 곧 자기 극복, 치유라는 것을 깨달았기 때문이다. 지금의 내가 되기까지, 부모님, 혈연, 지난 숱한 인연, 삼라만상의 영향을 받아, 많은 이가 되어 봤다. 그래서 나를 만들어 준 그들에게 감사하다.

특별한 두 문학인께 대한 감사함도 이 책에 기록해 두고 싶다. 두 분은 나를 모르신다. 과거에 그랬듯, 나를 모함하던 자들이 내게 선한 영향력을 끼친 존재를 함께 힘들게 할까 두려워, 실명은 언급하지 않으려 한다.

L. 문학박사는 내게 촌철 시평으로 각인됐다. 나는 '문학의 꽃, 시'를 써보고 싶은데, 쓸 줄 모른다. 흉내만 내봤을 뿐이다. L. 문학박사는 온 우주에 감응하여 생살이 터지는 과정을 통해, 고급 독자를 끌어들이는 시를 창작하라고 한다. 하지만 나는 안다. 생살이 터져 야드르르해지기엔 투박한 내 감성을. 대신 독자로서, 시를 곱씹으며 음미해 보려 하니까, 매번 그 맛이 다름을 느끼고 있다.

R. 시인의 시는 범접하기 어렵다. 내 소견으로는 자크 데리

다^{Jacques Derrida}의 해체 철학이 떠오른다. 종이에 스며든 글자가 악보의 음표가 되어 뇌를 두드리다가, 공중에서 춤을 추는 시각과 청각의 활자로 재탄생된다.

두 분은 내게 시와 시평으로 고급 감성의 밥을 지어 주셔 감사하다.

한국 사회에서 작가다운 면모를 갖추지 못한 나로 인해, 20년을 한결같이 출판 편집 길을 걷고 계신 북갤러리 대표님께 약소하게나마 도움이 되지 못할망정 누를 끼치지 않을지 염려되기도 한다. 더불어 일찍 찾아온 무더위를 이겨내며 편집디자인 해 주신 북갤러리 팀장님께도 감사드린다.

《핍홀; 가까이 보이는 먼 곳》은 현재까지의 내 생애에 걸쳐 접한 경험, 철학, 성찰을 녹인 소설이다. 내게 문학 창작이 정화인 것처럼, 정신 정화를 거쳐 창작한 이 소설이 독자에게는 인간 존엄성 · 행복 · 평화 · 치유라는 의미를 담은 선물이 되길 바란다.

2024년 7월
김나율